걸 인 더 다크

걸 인 더 다크

애나 린지 지음
허진 옮김

GIRL IN THE DARK

홍익출판 미디어그룹

차례

1장

검은 장막 속의 삶

빛으로부터의 도피

내가 살고 있는 집에서 빛을 완전히 몰아내기란 정말 어렵다. 우선 내 방의 커튼 안쪽에 암막 소재를, 묵직하고 플라스틱 같은 느낌에 고깃덩이 같은 이상한 목련색의 직물을 덧댄다. 그래도 빛은 위쪽 커튼레일과 벽 사이의 틈으로, 또 아래쪽 주름 때문에 둥글게 굽이치는 천 밑으로 쉽게 미끄러져 들어온다.

그래서 나는 창문 안쪽에 암막 롤러 블라인드를 설치해 보지만 그래도 빛은 사방으로 기어 들어와서 블라인드 위쪽의 길고 가는 틈에서 여전히 흔들거린다. 결국 창유리를 직접 공략한다. 쿠킹 호일을 잘라서 유리창에 대고 창틀에 테이프를 붙여 고정시킨다.

하지만 호일은 얌전히 붙어 있으려고 하지 않고 이내 쭈글쭈글해지거나 찢어진다. 모서리에 계속 틈이 생기고, 가운데 부분에 작은 구멍이 나거나 찢어진다. 그러면 나는 테이프 위에 테이프, 호일 위에 호일을 덧붙인다. 그러자니 테이프 몇 줄로 호일 몇 장을 깔끔하게 붙이겠다는 것이 생각과는 달리 정신없는 설치 미술 작품으로 변해 간다.

그럴 때마다 빛이 나를 비웃고 있다는 생각을 멈출 수가 없다. 빛은 일부러 장난을 치면서 납작 엎드려서 내가 이 방을 안전하게 만들었다고 믿게 했다가, 내가 움직이자마자 미처 발견하지 못했던 벌레 먹은 구멍으로 굼실굼실 들어온다.

결국 나는 이만하면 됐다고 생각한다. 조각조각 기운 듯한 호일 위로 블라인드를 내리고, 커튼을 치고, 수건을 둘둘 말아서 문 아래쪽 틈새를 막는다. 그런 다음 침대에 가만히 앉아서 눈이 적응하기를 기다린다.

됐다. 드디어 됐다. 완벽한 어둠이다. 나는 캄캄한 상자 속에, 내 삶을 담을 새로운 그릇 속에 드러눕는다. 피로와 안도가 나를 압도한다.

우리 집

우리 집은 그리 크지는 않다. 붉은 벽돌에 타일 지붕의 비교적 깔끔한 시골집이다. 아래층에는 현관으로 이어지는 자그마한 홀과 화장실, 거실, 주방이 있고 위층에는 보통 크기의 침실 3개와 욕실이 있다. 차고 옆에는 거울에 비춘 것처럼 방향만 다를 뿐 똑같은 옆집이 붙어 있다.

검은 장막에 둘러싸인 나의 방은 집 앞 정원에서 올려다보면 오른쪽에 있다. 근방의 친구들 중에서 우리 집 혼자만 한쪽 눈을 감고 있고, 그 컴컴한 안구 속에 파리한 여자가 있다.

검은 방에서 나오면 층계 끝에서부터 닫힌 문 세 개가 줄지어 있다. 방문은 항상 닫아 둔다. 유리를 끼운 현관문을 커튼으로 가려 두었기 때문에 계단을 돌아 내려가도 침침하다. 나는 계단을 서둘러 내려가지 않고, 손잡이를 잡고 한 발 한 발 정확히 내디디며 조심조심 내려간다.

거실로 들어간다. 양쪽 끝에 커튼이 내려져 있지만 일반 커튼이기 때문에 완전히 캄캄하지는 않다. 안락의자와 소파가 최소한의 빛 속에서 코끼리들처럼 웅크리고 있다. 금속 테를 두른 액자가 기이한 빛을 반사하지만 액자 속 사진은 보이지 않는다.

식탁을 둘러싼 의자들의 등받이와 팔걸이가 가로 세로의 막대들을 어지럽게 뒤섞어 놓은 것처럼 보인다. 한쪽 구석에서 플로어스탠드가 지나치게 큰 머리를 불길하게 쳐든다.

부엌으로 들어서는 순간 속도가 빨라진다. 베네치아 블라인드가 드리워져 창으로 들어오는 빛을 가리지만 부엌은 집에서 제일 밝다. 나는 전기 주전자를 잡아채 수돗물을 받아서 받침대에 놓고 버튼을 세게 누른다. 그런 다음 찬장으로 몸을 빙 돌려 머그컵과 접시를 꺼내고 또 다른 찬장으로 옆 걸음질 쳐 티백을 꺼낸다.

나는 접시, 나이프, 오트밀 비스킷 한 봉지를 어두침침한 옆방으로 가져가서 식탁 위에 놓고 물이 끓어오르는 소리에 귀를 기울인다. 주전자가 딸깍 소리를 내면 부엌으로 다시 잽싸게 뛰어가 군더더기 없는 재빠른 움직임으로 차를 따르고 냉장고에서 치즈를 꺼내서 둘 다 들고 빠져나온다.

그런 다음 어둑한 식탁에 앉아서 재빨리 집중해서 먹는다. 시간이 그리 많지 않다는 걸 알기 때문이다. 내가 검은 방에서 나오는 순간부터 시간이 째깍째깍 흐른다. 내 살갗이 빛과 뭔가 뒤틀린 대화를 시작한다. 아주 부드러운 속삭임으로 시작한 대화는 점점 더 고집스러운 중얼거림으로 바뀐다.

'무시해!'

나는 소리 지르고 싶다.

'대답할 필요 없어, 휘말리지 마!'

하지만 나의 살갗은 곧 큰 소리로 재잘거리고, 그다음엔 왁자지껄하게 논쟁이 벌어진다. 상황이 점점 열기를 띤다. 점점 더 맹렬하게. 나는 슬금슬금 나의 동굴로 돌아간다. 어둠 속에서 내 피부는 서서히 평형을 되찾는다.

진찰

환자는 이제 노출된 부위뿐 아니라 옷으로 가려진 부위도 반응하여…… 전신에서 극심하고 고통스러운 반응이 일어나고 있다.

진단 지금 내릴 수 있는 진단명은 광선과민성 지루성 피부염photosensitive seborrheic dermatitis이다. 이 질병은 널리 알려져 있지 않은 희귀질환으로 햇빛에 조금이라도 노출되면 안 되므로 이 환자의 사례에서처럼 생활에 큰 제약을 받는 경우가 흔하다.

현재의 기능과 능력 이 환자의 광선과민성 증상은 심각할 만큼 빛에 민감해서, 우리 병원에서 같은 병증을 진단받은 다른 환자들처럼 모든 형태의 빛을 피해야 한다. 빛은 일상의 모든 환경에 존재하기에 거의 아무것도 할 수가 없다. 현재 상황은 무척 좋지 않아서 환자는 지난 몇 달 동안 집안의 어둡게 만든 방에서 갇혀 지내는 상태이며, 그럼에도 불구하고 피부 문제 때문에 다른 환경은 견딜 수 없는 실정이다.

추정 예후 우리가 겪은 다른 환자들의 사례와, 이처럼 빛에 즉각적인 반응을 보이는 사례들을 다른 문헌들을 바탕으로 판단할 때, 이 환자의 예후는 지금보다 더욱 심각한 상태에 빠질 것이다.

오디오북

귀는 세상과 나를 연결하는 중요한 도구이다. 어둠 속에서 나는 듣는다. 스릴러 소설, 탐정 소설, 로맨스 소설, 가족 대하소설, 조잡한 싸구려 소설, 역사 소설, 유령 이야기와 고전 소설, 젊은 여성을 겨냥한 소설, 야한 대중 소설…….

나는 좋은 책과 나쁜 책, 대단한 책과 끔찍한 책을 모두 듣는다. 차별하지 않는다. 어둠 속에서 천천히, 몇 시간이고 그 모든 것을 소비한다. 나는 이렇게 아무 책이나 닥치는 대로 듣는데, 무슨 책을 듣는지는 순전히 책을 전달해 주는 사람이 도서관에 갔을 때 어떤 책이 있느냐에 달려 있다. 이미 읽은 책을 가져오지 않게끔, 나는 알파벳 순서에 따라 책의 제목을 적어둔다.

책을 소비하는 속도가 너무 빠르고, 읽고 싶은 욕구가 너무 강렬하기 때문에 그 밖에는 까다롭게 굴 처지가 못 된다. 작가가 어디로든 나를 데리고 가게 놔두는 것이다.

나는 뒤로 가만히 기대어 누운 채로 이야기가 벽돌을 한 장 한 장 쌓듯이 천천히 전개되도록 놔둔다. 느릿느릿한 유혹에 기꺼이 협조한다. 그리고 모르핀이 끊긴 환자처럼, 고통을 누그러뜨리는 약이 빨리 주입되기를 간절히 원하는 환자처럼 이야기를 빨아들인다.

전에는 경험해 보지 못했던 독서의 탐욕 속에서, 나는 몇 가지 즐거운 발견을 했다. 레이싱에 전혀 관심이 없었지만 그런 책들은 어둠 속에서 친구가 되기에는 아주 친근하고 매혹적이라는 걸 알게 되었다.

어느 소설은 경마 기수였다가 회계사가 된 주인공이 납치를 당해서 며칠 동안 캄캄한 자동차 트렁크 안에 갇히게 되는데, 곁에는 생수 조금과 치즈 한 봉지밖에 없었다. 내 상황이 그 사람의 상황보다는 나아서 기운이 조금 나는 느낌이었다.

이런 책은 평범한 사람의 인내심을 찬양한다. 주인공은 계속 어떤 문제를 해결하려 애를 쓸 테고, 그런 가운데 불미스러운 일을 당하더라도 절대로 죽지는 않는다.

책 한 권을 다 듣고 나면, 다음 책으로 곧바로 넘어가지 못한다. 각각의 책이 내 마음속에 자리를 잡을 시간, 여러 코스의 식사처럼 소화할 시간이 필요하기 때문이다. 너무 빨리 다음 책으로 넘어가면 등장인물들에게 실례인 것 같아서 싫다.

어쨌거나 나는 등장인물들과 몇 시간을 함께 보내면서 그들의 역사를 듣고, 그들의 삶의 중요한 순간을 목격했다. 끈질긴 의문이 마음속에서 메아리친다. 분명 누군가는 시체가 바뀐 걸 눈치채지 않았을까? 미국 범죄 소설의 등장인물들은 왜 그렇게 피자를 많이 먹을까?

이런 시간이면 으레 라디오 방송을 듣는다. 언제나 영혼을 적시는 부드러운 샤워처럼 끊임없이 흘러나오는 이야기들이 어둠 속에 존재하는 나의 삶을 어루만진다.

움직인다는 것

나의 검은 방은 침대, 책장, 옷장, 책상 같은 비교적 간단한 가구들이 들어찬 좁은 공간이지만, 어둠은 나로 하여금 철저하고 무서울 정도로 방향감각을 잃게 만들 때가 있다.

초기에는 무엇인지도 모르는 표면을 두드리면서 미친 듯이 단서를 찾았다. 머리로는 어느 방향을 보면서 바닥에 앉아 있다고 믿고 있는데, 손은 종종 다른 말을 한다. 그럴 때면 나는 소리를 지른다. 이런 식의 인지부조화는 뇌를 정말로 갈기갈기 찢는 것처럼 당황스럽다.

하지만 이제 그런 일은 드물다. 나는 내 영역 안에 있다. 내 검은 상자 속에서, 나는 자신 있게 움직이면서 면 시트를 씌운 단단한 침대에 쉽게 손을 얹고, 구석에 놓인 구부러진 의자 등받이의 매끄러운 세로대를 곧바로 잡고, 차가운 금속 문손잡이로 손을 뻗어 고양이처럼 끽끽거리는 문소리를 듣는다. 가끔 양말 한 짝이나 머리빗을 잃어버릴 때도 있지만, 이제는 당황하지 않고 있을 법한 곳들을 하나하나 더듬어서 찾아낸다.

나는 점차 타고난 성향과 맞지 않는 행동을 하게 되었다. 규칙을 정해서 양말은 항상 이쪽에, 안경은 항상 저쪽에 두는 것이다. 어느 날은 속옷 서랍장을 정리해서 팬티는 왼쪽에, 브래지어는 오른쪽에 둔다.

그러면 아침마다 미친 듯이 팔을 휘두르며 뒤질 필요가 없어진다. 왜 진작 이렇게 하지 않았을까? 하지만 나는 그 답을 안다. 그저…… 희망이다. 희망이 나를 붙잡는다. 상황이 나아지고 있다고, 곧 지나갈 불운이라고, 어쩌면…… 어쩌면…….

하지만 감히 상상도 못할 생각이다. 이제 내게는 방향감각을 잃을 수도 있는 단 하나의 환경밖에 없다. 가끔 나는 계속 움직이면서 피를 돌게 하려고 제자리걸음을 한다. 그런데 몇 분 지나고 보면 방향이 90도 돌아서 내 옆에 있던 침대가 앞에 있음을 깨닫게 되는 경우가 많다.

나는 스릴러 소설의 주인공이 들려주는 일화에서 그 이유를 찾았다. 어떤 남자가 사하라 사막에서 길을 잃고, 사막에서 벗어나려면 앞을 향해 똑바로 걷는 게 제일 좋겠다고 생각한다. 하지만 몇 킬로미터를 걷고 나자 그는 어느새 출발점으로 되돌아와 있었다.

사람의 양쪽 다리 길이는 절대로 똑같지가 않아서 우리는 정확하게 똑바로 걷고 있다고 생각하지만 아주 서서히 구부러져 원을 그리게 되고, 결국 출발점에 도착한다는 것이다.

남자, 피트

드리워진 커튼과 봉인된 방이 있는 이 집에 또 한 사람이 살고 있다. 그의 이름은 피트, 내가 사랑하는 사람이다. 내가 살고 있는 곳은 그의 집이고, 내가 조명을 절반의 절반으로 낮춘 방들도 그의 것이며, 동굴로 만든 내 방은 그의 빈방을 빼앗은 것이다.

내 사랑이 나를 구했다. 사랑은 절망에 빠져서 울고 있는 나를 강인한 팔로 감싸고, 아무 형체가 없는 나의 하루하루에 체계를 부여했다. 사랑은 나에게 매일 웃음을 주고, 씻을 이유를 주었다.

그리고 사랑은 죄책감으로 나를 얇게 저며 상처를 낸다. 그림자 속의 삶은 하나로 족한데, 내가 그것을 둘로 만들고 있기 때문이다. 나는 피트의 삶에서 빛을 모조리 빨아들여서 그를 어슴푸레한 경계의 존재로, 혼자이면서도 혼자가 아닌 사람으로 만든다. 피트는 친구들 모임에서 커플들 사이에 혼자 앉고, 그의 곁에는 항상 자리를 비운 짝이 존재한다.

나는 혼자서 보내는 기나긴 시간에 나 자신과 논쟁을 벌인다. 도덕적으로 장황하게 탐구하고, 철학적으로 세밀하게 분석한다. 나는 이 상황에서 도덕적으로 옳은 행동이 무엇인지 알아내려 애쓰고 있다. 피트 곁에서 떠나야 할까?

현실적으로 어려운 일이다. 시간과 연구, 신중한 준비가 필요하기 때문이다. 하지만 어떻게든 할 수는 있다. 검은 방이 있는 살 곳을 따로 찾아야 할 것이다. 근처에 보수를 받고 도움을 줄 사람이 있는 곳에서 혼자 살든지, 나를 보살필 준비가 된 사람, 불을 켜기 전에 문을 닫고 내가 들어가기 전에 커튼을 칠 준비가 된 누군가와 함께 살아야 할 것이다. 더구나 나의 삶은 그의 손에 달려 있으므로 믿을 수 있는 사람이어야 한다.

나는 답을 찾아 내 양심을 계속 때린다. 떠나지 않음으로써, 떠나야 한다는 책임과 노력을 회피함으로써, 이 사랑스러운 남자에게 아이도 낳아 주지 않고 공적인 장소에 동행해 주지도 않고 따뜻한 가정을 만들어 주지도 않으면서 그를 계속 차지함으로써, 나는 나쁜 짓을 하고 있는 것일까?

몇 시간이고 이런 식으로 생각을 한다. 그러다 보면 그가 열쇠로 문을 열고 계단을 올라오는 소리가 들린다. "어이, 왔어!"라고 부르면서 바로 옆 침실로 성큼성큼 들어가 신발을 벗고 넥타이를 풀고 슬리퍼를 신는 소리가 들린다. 그런 다음 그가 내 방문을 두드리면, 나는 '들어와!'라고 말하고서 허둥지둥 일어나 그를 끌어안는다.

그가 곁에 있다는 사실만으로 하루 종일 나를 괴롭혔던 도덕적인 생각들은 순식간에 재가 되어 버린다. 우리가 같이 있으면 비록 어둠 속이라 해도 방이 환해지기 때문이다. 그리고 밀려드는 어리석은 행복 앞에서 내 안에 웅어리진 죄책감이 산산이 부서져 흩어지기 때문이다. 그를 사랑하기 때문이고,

나는 그를 떠날 수 없다는 사실을, 그것이 불가능함을 알기 때문이다. 그가 떠나라고 하지 않는 한은 말이다.

그리고 그는 나에게 떠나라고 하지 않았다. 그것이 바로 내가 매일 겪고 있는 기적이다.

집안일

"저녁 식사는 뭐야?"

어느 금요일 밤, 일을 마치고 돌아온 피트가 나를 보러 방 안으로 들어서면서 묻는다. 나는 저녁을 준비해 놓지는 않았지만, 생각을 해두었고 필요한 준비도 조금 해놓았다.

"냉장고에 남은 샐러드가 조금 있어. 훈제 연어는 해동해 놨고. 그러니까 감자 좀 삶아 줄래?"

"할 수 있을 것 같아."

피트가 이렇게 말한 다음 아래층으로 내려간다. 피트는 요리를 잘 못한다. 나는 피트에게 간단한 것만 시키면서도 우리 두 사람이 적당히 다양하고 건강한 식사를 할 수 있도록 노력 중이다.

"다 됐어!"

식사가 준비되자 피트가 아래층에서 소리를 지른다. 그가 거실 전등을 끄고 TV장 뒤에 놓인 작은 25와트 램프를 켜두었다. 조명은 거실 한쪽 끝에 있고 식탁은 반대쪽 끝에 있기 때문에 우리가 서로를, 그리고 먹고 있는 음식을 겨우 볼 수 있는 정도가 된다.

"오늘은 어땠어?"

피트가 묻는다. 나는 가끔 어둠 밖으로 아주 잠깐 나갔다 오기만 해도 속에서 불길이 피어올라서 며칠이 지나야 타는 듯한 느낌이 가라앉곤 한다. 그러면 방 안에서 피트가 쟁반에 가져다주는 식사를 해야만 할 때도 있다.

"평소랑 비슷하지 뭐."

내가 대답한다. 그러면 피트는 의자를 끌어 다가앉으며 궁금하다는 듯이 귀를 모은다.

"요즘 말도 안 되는 오디오북을 듣고 있어. 국제 은행가 교육을 받는 친구들 이야기인데, 그중 한 명이 사이코패스야. 누가 사이코패스인지 꽤나 뻔한데 주인공들은 절대 모른다니까. 아무튼, 그 이야기가 지겨워져서 잠깐 멈췄다가 라디오에서 정말 멋진 프로그램을 들었어. 어떤 남자가 인도에서 벵골 호랑이가 포효하는 소리를 녹음하려고 애쓰다가 성공했는데, 진짜 대단했어. 엄청 깊고 울리는 소리인데, 그게 어떠냐 하면……."

나는 벵골 호랑이처럼 울부짖으려고 애쓴다. 피트가 말한다.

"그래, 고마워. 진짜 인도에 갔다온 것 같다."

"그 사람이 그러는데 호랑이는 영역 의식이 아주 강하고 순찰하는 걸 좋아해서 국립공원 도로에서 걸어 다니는 걸 자주 목격할 수 있대."

"도로를 따라 걷고 있는 사자 사진을 몇 장 본 적 있어. 어떤 사람은 다음 달에 호랑이를 찍으러 인도에 간대. 닷새 연속으로 밤마다 몇 시간씩 텐트에 죽치고 앉아 있어야 하지만, 늘 풀숲에 숨어서 새를 기다리는 사람이라 익숙하다더군."

그렇게 말하는 피트는, 사실은 야생 사진에는 별 관심이 없다. 그는 경치, 특히 숲 사진을 더 좋아한다.

"오늘은 업무가 어땠어?"

내가 그렇게 물으면, 피트는 새로울 것도 없는 이야기들을 꽤나 진지하게 말해 준다. 한참을 이런저런 이야기를 전해 주던 피트는 이만하면 되었다는 듯이 이렇게 말한다.

"뭐, 언제나 그렇듯이 시시한 하루였어. 후식 먹을래?"

"과일로 부탁해. 냉장고에 포도 있을 거야."

식사를 마친 후, 나는 내 동굴로 돌아가고 피트가 설거지를 한다.

여덟 시가 되면 내가 토론 프로그램 '질문 있으십니까?Any

Questions?'를 틀고, 피트가 어둠 속의 나에게 합류한다. 피트는 사무실에서 힘든 일주일을 보내고 나면 라디오에서 정치인들이 서로를 맹렬하게 비난하는 이야기를 들으며 쉬는 것을 좋아한다.

'질문 있으십니까?'가 내가 제일 좋아하는 프로그램이라고 할 수는 없지만, 이 프로그램을 듣는 것이 우리가 함께 할 수 있는 유일한 일이기에 기꺼이 듣는다. 나는 그의 좁은 침대 옆자리에 누워서 이렇게 외치곤 한다.

"너무 뻔한 얘기뿐이야."

"저 멍청한 녀석들 이야기 아직도 안 끝났어? 베개 밑에 머리를 묻고 있을 테니 말이 끝나면 알려줘."

피트가 나를 안으며 말한다.

"그렇게 흥분하지 마. 이제 겨우 첫 번째 질문이야."

우리의 금요일 밤은 그렇게 지나간다.

꿈 I

꿈에서 내가 못할 일이 뭐가 있을까? 꿈속에서 나는 기차를 타고 어디론가 떠나고, 등산을 하고, 협주곡을 연주하고, 강물에서 헤엄을 치고, 중요한 서류를 상사에게 전달하고, 늘 그렇듯 소동으로 끝나는 회의에 참석한다.

내 육신은 어둠에 갇혀 누워 있지만 감긴 눈꺼풀 밑에서는 낮과 멋진 대조를 이루는 색과 소리, 움직임이 펼쳐진다. 내 머릿속에 존재하는 개인 극장에서 상영되는 말도 안 되는 영화들이다.

깨어 있는 시간의 외로움을 보상하듯 내 꿈은 사람들로 북적인다. 지인들, 유명인사들, 희미한 과거의 잊은 줄 알았던 사람들, 내 머리의 틈새에서 즉흥적으로 만들어진 전혀 모르는 사람들, 가장 깊숙이 묻어둔 희망과 두려움의 불편한 화신들.

꿈에서 깨는 것은 항상 끔찍해서, 길고 어두컴컴한 통로에 갑자기 빠진 듯이 매트리스에 털썩 주저앉으며 소리친다.

"가지 마, 가지 마! 아직 네가 필요해."

하지만 꿈은 속도를 높여 저 멀리 달아나고, 나는 기억나는 몇몇 조각, 멀어지는 꼬리에서 뽑아낸 털 몇 가닥만 움켜쥔 채 다시 홀로 남겨진다.

동물원의 동물과 감옥의 죄수는 잠을 많이 잔다. 그들과 마찬가지로 나는 꿈에 심취하고 탐닉하면서 그 강렬하고 알 수 없는 쾌락에 빠지곤 한다. 꿈은 내 삶의 사슬을 빠져나가 내 살갗이라는 근본적인 족쇄를 끊고 나를 자유롭게 풀어 주고, 나는 통제당하지 않는 마음의 야생적인 풍경을 돌아다닌다.

매일 밤 나는 같은 문으로 들어가지만 항상 새로운 것을 발견한다. 나는 꿈이라는 행운의 뽑기에 양손을 집어넣는다. 가끔은 과자가, 가끔은 전갈이 나오지만 항상 몇 시간 동안의 짧은 해방이다.

꿈 II

나는 기차에 타고 있고, 워털루 기차역으로 들어가기 직전이다. 통근자들이 가득하지만 운 좋게 창가 자리에 앉았다. 종착역에 가까워지면서 두꺼운 갈색 띠처럼 합쳐지는 볼록한 철길 너머를 내다본다.

지금 나는 출근하는 꿈을 꾸고 있다. 기차가 2번 플랫폼으로 들어서자, 나는 검은 양복의 물결에 휩쓸려 기차에서 내려 역 중앙 광장으로 들어간다. 모두들 결연한 표정으로 서류 가방이나 여행 가방을 들고 같은 방향으로 걸어간다.

내 주변으로 런던의 전경이 펼쳐진다. 사우스뱅크센터, 국회의사당, 임뱅크먼트 가든, 차링크로스 역, 사보이 호텔 등이 한눈에 들어온다. 도시의 중심부를 관통하는 거대한 회색 템스 강이 복잡하게 얽힌 상자 같은 사무실들과 자동차가 줄지어 달려가는 거리의 해독제 역할을 한다.

꿈속에서 머리 위 하늘은 바삐게 움직이는 흰 구름으로 가득하고, 발밑의 강에서 우글거리는 돌고래와 대왕고래가 햇볕을 쬐며 헤엄치다가 갑자기 수면으로 떠오르면 매끄러운 회색 옆구리로 물이 흘러내린다.

나는 자신감과 희망에 넘쳐 서둘러 다리를 건넌다. 한동안 일을 쉬긴 했지만, 이제 나는 확실히 나아졌다. 내가 다가가자 저절로 활짝 열리는 거대한 금색 문들을 통과해서 사무실로 들어간다. 동료들은 그대로다. 그들이 말한다.

"건강히 돌아오다니, 잘됐네요. 요즘 일이 많아요. 열 시까지 장관님께 브리핑 서류를 갖다 드려야 해요. 구석에 책상을 준비해 놨으니까, 천장 등은 꺼도 돼요."

나는 책상으로 가서 의자에 앉아 컴퓨터를 켠다. 하지만 컴퓨터가 제대로 작동하지 않는다. 내가 입력하지도 않은 말이 화면에 뜬다. 파일과 프로그램이 마구잡이로 열렸다 닫힌다. 손으로 마우스를 잡고 있지만 내 마음대로 움직이지 않고, 커서는 화면 속에서 쌩쌩 지나간다. 이메일이 수천 통이나 쏟아진다.

나는 공황에 빠져 잠에서 깬다.

'컴퓨터를 손봐야겠네. 하지만 적어도 출근은 했잖아. 참 좋았어…….'

그러다가 어둠 속에서 눈을 뜨고, 내가 아무 데도 가지 않았음을, 심지어 이제는 런던에 살지도 않는다는 사실을 기억해낸다. 그리고 이전의 삶을 떠올린다. 절망과 만족이 적절히 균형을 이루고 빛과 그늘이 서로를 보완하던 평범한 삶을, 그리고 어둠의 시작을. 어둠이 처음 뿌리를 박고 삶의 중심으로 들어온 때를.

2005년 4월

여기는 영국 정부의 연금부 청사. 나는 사무실 컴퓨터 앞에 앉아서 열심히 타이프를 치고 있었다. 내 주변에 둑처럼 길게 뻗은 책상이 늘어서 있고 사람들이 드문드문 웅크리고 앉아 열심히 키보드를 두드리고 저마다 수화기에 대고 웅얼거리는 동안 프린터들은 꺼억 트림을 하며 작동했다.

네모난 형광등이 줄지어 달린 낮은 천장이 우리를 짓누르는 사무실이었다. 사람들이 동료와 이런저런 의논을 하려고 가끔 오갈 뿐, 비교적 조용한 분위기였다.

그날 나는 경영진에게 올릴 회의록을 작성하고 있었다. 나는 이 일을 좋아했고, 그래서 은퇴할 때까지 열심히 다닐 예정이었다. 하지만 언젠가부터 내 머릿속의 다른 부분은 혼돈과 공황, 공포가 계속되고 있었다. 검은 뱀이 가득한 지하실처럼 나의 침착하고 전문적인 성격 밑에서 꿈틀거리는 생각들은 이것이었다.

"직장을 잃으면 안 되는데. 이런 식으로 얼마나 더 버틸 수 있을까? 계속해야 하는데. 어떻게 계속할 수 있을까? 직장을 잃으면 안 돼…….'

두 분 다 음악가였던 부모님은 정해진 직장 없이 위태로운 생활을 했기 때문에 나의 어린 시절은 궁핍과 위기감의 연속이었다. 런던 필하모닉의 첼로 연주자였던 아버지가 오케스트라단이 파산해서 온 가족이 실업자 신세가 될 것 같다며 우울해하시던 표정이 지금도 생생하다.

오케스트라단은 대폭의 예산 삭감을 거듭하며 겨우겨우 꾸려 나갔기에 정말로 그렇게 된 적은 없지만, 어쩌면 그 시절의 경험이 내 정신에 끼친 영향 탓에 나는 지루하지만 안정적인 일자리와 노후 연금을 보장하는 공무원이 되었는지도 모른다.

얼마 전에 아파트를 한 채 샀다. 나는 항상 노란 페인트를 칠한 부엌과 예술적인 엽서가 가득 붙은 벽, 그리고 커다란 철제 침대를 갖고 싶었다.

그러므로 지금 직장을 잃을 수 없는 것이다. 그리고 이 아파트를, 오랫동안 바라다가 겨우 실현된 꿈을 잃을 수는 없었다.

처음에는 가끔씩 그랬다. 이상하게 컨디션이 안 좋은 날이 있었지만, 그래도 원래 상태로 돌아오곤 했다. 그러다가 안 좋은 날이 점점 더 많아지고, 조금씩 퍼져서 서로 뒤섞이다가 오히려 좋은 날이 예외적인 상태가 되는 지경에 이르렀다. 그런 날들은 점차 희망의 작은 섬들이 되었다가 이제는 그 섬들마저 사라졌다.

한 번도 겪은 적 없는 이 괴상한 현상은 도대체 뭘까? 단순하다. 컴퓨터 화면 앞에 앉으면 얼굴 피부가 화끈거린다. 화끈거린다고? 햇볕에 심한 화상을 입은 것처럼 불타오른다. 누가 내 얼굴에 화염방사기를 갖다 대고 있는 것처럼 불타오른다.

컴퓨터 왼쪽에 필사적인 임시 해결책이 놓여 있다. 선풍기를 인명록으로 받쳐서 내 얼굴에 끊임없이 바람을 불게 해둔 것이다. 하지만 바람에서 얼굴을 돌리는 순간 통증이 다시 강타한다.

병원에 가서 증상을 말해보았다. 의사는 선뜻 진단을 내리지 못하다가 우려 섞인 표정으로 피부과 대기자 명단에 이름을 올려주었다. 그때까지 병가를 내야 할지도 모른다. 하지만 나는 내가 없으면 안 된다는 이상한 환상에 사로잡혀 있었다. 내가 없으면 연금과 관련된 중요한 서류를 아무도 제대로 작성하지 못할 테고, 내 명쾌하고도 전문적인 생각을 놓친 상사들은 결정을 내리지 못하고 우왕좌왕할 것이다.

우리 팀을 실망시키고 싶지 않았다. 내 몸속에서 진행 중인 이 알 수 없는 작용이 궁극적으로 나를 사랑하는 일과 갈라놓을지도 모른다는 생각은 하고 싶지도 않았다.

만약 백만 분의 일 초라도 미래의 내 앞에 놓인 무시무시한 터널을 잠깐이라도 볼 수 있었다면 삶은 달라졌을 것이다. 하지만 나는 미래를 모르고, 아는 것은 현재의 압박뿐이었다. 그래서 자리에 남아 맹렬하게 타자를 치고, 선풍기가 미약하게나마 내 얼굴을 식히게 둔 것이다.

2005년 5월

"어서 오세요."

회의의 의장을 맡은, 검은 테 안경을 쓰고 머리가 벗겨진 아저씨 같은 사람이 무표정으로 말을 했다. 인간적이고 느긋하기로 유명한 사람인데, 이번 회의는 일선 관리자 30명에 대해 성과 순으로 평가하는 자리이기 때문에 그런 태도로 말을 한 것이었다.

회의가 열리는 곳은 창문이 없는 지하 방으로, 옅은 황백색 섬유판을 댄 벽에 바닥에는 칙칙한 회색 카펫이 깔려 있고, 천장에는 형광등이 번쩍였다. 회색 탁자들을 붙여서 가운데가 뚫린 사각형 모양으로 놓았는데, 그곳에 모인 사람들은 시큼한 냄새가 나는 커피를 퍼마시며 의심스러운 눈으로 서로를 둘러보고 있었다.

나는 이 회의에 참석하게 된 것이 기뻤다. 회의에 참석한다는 것은 몇 시간 동안 컴퓨터에서 벗어난다는 뜻이고, 그동안 내 얼굴이 한숨 돌릴 수 있기 때문이었다.

"그 사람이 유난히 노력하는 편이라고요? 회의에서 몇 번인가 본 적 있는데, 활기가 부족하더군요."

"게다가 올해에 정말 뛰어났던 앤서니에 비하면……."

"하지만 우리 팀은 앤서니를 상대할 때 문제가 많았어요. 어떤 식으로든 협조를 끌어내는 게 불가능했기 때문입니다. 게다가 점심시간에는 항상 외출이라서……."

"그나마도 얼굴을 마주할 때면 어찌나 까다롭게 구는지 정말……."

정말 지옥 같은 회의였다. 세 시간이 지났지만 나는 여전히 논쟁을 쫓아가면서 적절한 곳에서 끼어들어 우리 직원에게 도움이 되려고 애를 썼다. 하지만 뭔가 이상한 일이 시작되어 점점 더 내 관심을 끌기 시작했다. 이곳에는 컴퓨터 화면이 하나도 없는데도 얼굴이 불타오르기 시작했던 것이다.

나는 탁자에 팔꿈치를 괴고 몸을 앞으로 내밀고 앉아서 양손으로 뺨을 꽉 누르면서 얼굴을 보호하려고 애를 썼다. 물병이 군데군데 놓여 있어서 계속 잔에 따라 마셨다. 마침내 시시한 말싸움이 끝났다. 타협도 하고 포기도 했다. 커피와 땀, 신랄한 분위기 때문에 방 안 공기가 몹시 퀴퀴했다.

"여러분, 모두 감사합니다."

의장이 이렇게 말하자 나는 서둘러 문으로 향했다. 옆에서 동료 티나가 말했다.

"세상에! 진짜 짜증 났어."

하지만 나는 대답할 상태가 아니었다. 급히 사무실을 달려 나와 집으로 가는 열차를 탔다. 이를 악물고 50분을 버틴 끝에 집에 도착한 나는 무너지듯 침대에 쓰러졌다. 내 마음은 텅 비어 있었다. 그리고 당장은 설명을 찾으려 하거나 연관 지으려 애쓰는 걸 포기했다. 그러기라도 하면 고통이라는 현실에 압도당할 뿐이기 때문이었다.

그러다 나는 이제 형광등 불빛에도 반응하게 된 것을 알아차렸다. 그리고 더는 버틸 수 없다는 사실을 깨닫기 시작했다. 마음속에서 두 가지 전혀 다른 생각이 두 대의 열차처럼 나란히 달리면서 한 지점을 향해서 속력을 높였다.

"나는 괴롭다. 그래도 나는 계속해야 한다……."

조만간 두 열차는 충돌하고 말 것임을 나는 알았다.

며칠 뒤 오후 세 시. 나는 상사를 만났다. 이젠 참을 수 없을 만큼 고통스러워서 당분간 일을 쉬고 집에 있어야겠다고 말했다. 어쨌거나 원래 다음 주에 휴가를 쓰기로 되어 있었다. 상사는 무척 걱정해 주었다.

"괜찮아요, 우리가 어쨌건 업무를 나눠서 해낼 테니까 쉬면서 빨리 낫기나 해요."

나는 컴퓨터를 끄고 가방을 어깨에 둘러메고서 사람들이 웅성거리는 커다란 사무실을 가로질러 나왔다. 입구 홀로 내려간 나는 경비원 아저씨를 지나쳐 건물 정면의 여닫이문을 밀고 나가서 5월 말의 맑은 하늘 아래에 관능적일 만큼 텅 빈 거리로 나갔다.

그리고 마음을 들뜨게 하는 도시의 여름 향기를 일부러 맘껏 들이마셨다. 보통은 이 향기만으로도 기분이 나아지고 여러 가지 가능성 때문에 마음이 들뜨기에 충분하지만, 나는 찬란한 오후의 거리를 살아 있는 시체처럼 걸었다.

한참을 걸어가다가 손을 내려다보고 사무실에서 쓰던 머그컵을 들고 있음을, 게다가 커피가 절반쯤 담겨 있음을 깨닫고 깜짝 놀랐다. 그 머그잔은 우스꽝스러운 만화가 그려진 경쾌한 초록색으로, 내가 현재 직장으로 옮길 때 예전 동료들이 준

선물이었다.

나는 걸음을 멈추고 어쩔 줄 몰라 머그컵을 멍하니 바라보다가 길가에 놓인 철제 하수구를 발견했다. 거기에 남아 있는 커피를 따라 버리고 마지막 몇 방울까지 턴 다음 잔을 가방에 집어넣었다.

우리의 육체는 정신이 부정하는 무의식적인 무엇을 가지고 있다. 머그잔을 쥔 손은 분명히 내가 직장으로 돌아가지 못할 것임을 깨닫지만, 나는 아직도 희망에 매달리고 있었다.

2005년 6월 I

나는 배를 타고 하얀 하늘과 비단 같은 회색 바다 사이를 미끄러지듯 나아갔다. 6월 초의 늦은 아침, 높이 뜬 태양이 짙은 안개의 돔 위에서 강렬히 빛나고 있었다. 나는 목조 난간에 팔꿈치를 괴고 얼굴에 바람을 맞으며 멀리 보이는 이름 모를 섬을 바라보았다.

고개를 돌리다가 카메라를 들어 나와 섬을 찍는 피트를 보고 미소 지었다. 나는 밀짚모자를 쓰고 바람에 날아가지 않도록 밝은색 스카프를 모자 위로 두른 다음 정수리에서 꽉 묶었다.

나는 피부가 무척 창백하고 짙은 갈색 머리카락에 불그스름한 색이 섞여 있기 때문에 다른 사람들은 맨머리로 다니거나 작은 야구 모자만 쓰고 다닐 때에도 항상 넓은 챙 아래에 숨었다. 학생이었던 어느 여름, 독일의 자연보존 캠프에 간 적이 있는데 내가 너무 신기해 보였는지 거대한 모자를 쓴 괴상한 영국 여자로 지역 신문에 사진이 실린 적도 있었다.

피트와 나는 노섬벌랜드에서 휴가 중이었다. 일생일대의 위기 상황에서 휴가를 가야 하는지 갈피를 잡을 수 없었지만, 다들 런던을 벗어나면 도움이 될 거라고 입을 모았다.

"멋진 자연에서 신선한 공기도 마시면서 마음을 가라앉히고 스트레스를 풀면 훨씬 나아질 거야."

관광객이 가득한 작은 배를 타고 노섬벌랜드 해안을 출발해서 이름을 알 수 없는 작은 섬들과 기이한 새들의 거처를 향해 파도를 가르며 나아가다 보니 정말로 스트레스가 풀리는 것 같기도 했다.

뻣뻣하고 불편한 외투가 벗겨지는 것처럼 어깨의 긴장이 풀어지고, 마음속에서 배배 꼬이며 얽혀 있던 공포가 휴식을 취하며 뱀들이 조용히 똬리를 풀고 서서히 사라지는 것 같았다. 공허하고 광막한 풍경 덕분에 내 마음도 비워지고, 평온까지는 아닐지 몰라도 지루한 전쟁의 휴전 비슷한 것을 느꼈다.

배가 큰 섬에 도착해서 작은 해변 옆 방파제에 멈추었다. 이 섬에는 관광 센터와 슬레이트 길이 있는데, 길을 따라가면 여러 새들의 군락을 관찰할 수 있다고 뱃사람이 말했다.

"제일 처음 보이는 새는 아마 북극 제비갈매기일 거예요. 알을 품는 시기라 공격적일 수도 있어요."

해변을 한참 걷다 보니 어느새 우리는 북극 제비갈매기들 사이에 있었다. 흰 배가 뾰족하게 갈라진 꼬리로 이어지고 회색 날개와 피처럼 붉은 부리, 눈까지 내려온 깔끔한 검은 모자를 쓴 제비갈매기들이 짹짹거리며 우리의 발목 근처를 날아다녔다.

"도대체 어디가 공격적이라는 거야?"

피트에게 물어보았다. 우리는 제비갈매기가 드문드문 앉아서 알을 품는 싱그러운 풀숲 사이의 슬레이트 길로 접어들었다.

"이러다가도 갑자기 급강하해서 공격하거든."

피트가 손을 가로저으며 말했다.

"걱정 마. 나는 이미 아이슬란드에서 겪은 적 있어."

그렇게 말한 순간, 내 옆머리를 날카롭게 때리고 날아가는 제비갈매기의 파닥거리는 날개가 느껴졌다. 그런 다음 다시 공격, 또 공격이 계속되었다. 나는 양팔을 들어서 얼굴을 가렸다. 그나마 챙이 넓은 모자를 써서 다행이라고 생각했다.

벌써 길을 다 걸어 올라간 피트가 돌아서서 이 장면을 찍으려고 했다. 그러고 보니 피트를 공격하는 제비갈매기는 없었다. 내가 고개를 숙이고 서둘러 걸어가자 등과 머리에 녀석들의 공격이 쏟아졌다. 기분이 아주 나쁘고, 짜증이 났다. 예전부터 동물들이 피트 앞에서는 마음이 놓이는지 온순해졌지만 내 앞에서는 늘 기분이 좋지 않은 것 같았기 때문이다.

우리는 자주 시골로 가서 걸어 다녔는데, 난리법석을 떠는 개들이 피트 주변에서는 장난스럽게 까불다가도 나에게는 언제든 달려들겠다는 듯이 으르렁거렸다.

피트를 처음 만났을 때의 일이 떠올랐다. 휴가를 맞아 데번으로 떠나는 단체 하이킹 모임에 참가했던 첫날 밤, 나는 어찌할 바를 모른 채 호텔 소파에 앉아서 오지 말 걸 그랬다고 생각하고 있었다. 다들 저녁을 먹으러 가자, 나는 카펫의 꽃무늬를 지친 듯 바라보면서 도대체 왜 모르는 사람들 틈에 혼자 끼어서 휴가를 보내는 게 좋은 생각인 줄 알았을까 자문하고 있었다.

"어디서 오셨어요?"

낯선 목소리에 고개를 들고 보니, 어떤 남자가 내 앞에 서 있었다. 마른 체형의 남자는 몸을 약간 숙이고 친근한 태도로 말을 걸었다.

“런던 남서부에 있는 윔블던에서 왔어요.”

“아. 유명한 테니스 대회가 열리는 곳 말이죠?”

“그래요, 그쪽은요?”

“햄프셔의 이칭포드에서 왔어요.”

“재미있는 이름이네요. 단어의 뜻 같은 마을은 아니지요?”

이칭itching이 가렵다는 뜻이라 하는 우스갯소리를 하며 우리는 느린 걸음으로 커다란 식당으로 들어갔다. 50명 정도 되는 사람들이 긴 식탁에 둘러앉아 시끄럽게 대화를 나누고 있었다. 그가 함께 온 친구들 쪽으로 나를 데리고 갔는데, 다들 착해 보였고 저녁은 맛있었으며 점차 모든 게 즐겁게 느껴졌다.

그렇게 우리는 만났다. 조금은 뻔하지만, 운명적인 만남이 분명했다. 그동안 한 번 헤어졌다가 재결합한 우리는 2년째 만나고 있다. 무서운 제비갈매기들을 지나 야트막하고 나무도 없는 섬에서 가장 높은 곳까지 올라왔을 때, 피트가 말했다.

“북극 도둑갈매기가 아니라서 그나마 다행이야.”

“왜? 도둑갈매기는 어떤데?”

“아주 사나워. 둥지에서 한참 떨어진 곳까지 쫓아와서 부리로 마구 찔러 대거든.”

슬레이트 길이 오른쪽으로 휘어지는 또 다른 길과 만나는 곳에 이르자, 길이 합쳐지는 모퉁이 한구석에 얼핏 보기에 흙과 돌을 쌓아둔 듯한 더미가 보였다. 질감이 조금 이상해서 다시 보자 흙더미에 갈색 눈과 긴 갈색 부리가 달려 있다. 사실은 흙더미가 아닌 솜털오리 암컷인데, 편안하게 부풀린 깃털이 땅과 거의 구분이 되지 않았다.

"저 새 깃털이 오리털 이불을 만들기에 왜 좋은지 딱 봐도 알겠다."

내 말에 피트가 동의하듯이 미소 지었다. 우리는 길가에 서서 감탄하며 그 새를 바라보았다. 오리가 알이라도 품고 있는지 베개처럼 가만히 자리를 지키고만 있었다.

우리는 계속 걷다가 평평하고 특징 없는 풀밭에 둥지를 파놓고 들락거리는 바다오리를 보았는데, 뱃사람은 정말 그림 같은 곳에 새가 산다고 말했지만 뜻밖에도 평범한 배경이었다.

우리는 거기서 소금과 똥, 생선 냄새가 뒤섞인 공기를 들이마시며 세가락갈매기와 바다쇠오리 군락을 내려다보았다. 바다쇠오리는 말쑥한 검정 깃털과 흰 셔츠 같은 가슴, 지나치게 큰 에나멜가죽 구두 같은 발, 줄지어 서는 습성 때문에 공식 행사에 참석한 회사원처럼 보였다.

그렇게 섬을 한 바퀴 돈 다음에 배로 돌아온 우리는 다른 섬들도 계속 들렀지만, 배에서 내리지는 않았다. 모든 섬들은 수없이 많은 바닷새들의 사적인 영역이었다. 나는 피트에게 말했다.

"사람들이 새한테 빠지는 이유를 알겠어. 새는 아마 인간이 제일 자주, 그리고 한 번에 가장 많은 수를 볼 수 있는 야생동물일 거야."

"맞아. 적어도 야생동물이 흔하지 않은 지역에서는 그렇지. 게다가 종류도 아주 많아서 목록을 보면서 확인해야 하는데 사람들은 그런 걸 정말 좋아하거든."

나는 꿈꾸듯 말했다.

"내가 새라면 말이야. 아마 먼 바다에 사는 갈매기일 거야. 몇십 미터 위 하늘에서 바다로 멋지게 다이빙을 하겠지. 어렸을 때 엄마 아빠랑 어느 섬에 휴가를 갔다가 본 기억이 나."

피트가 웃으며 나를 끌어안았다.

"그 새는 높은 곳을 두려워하지 않고, 식욕이 왕성하고, 물고기를 좋아하지. 누군가를 닮았네."

"못됐어, 정말! 그럼 당신은?"

피트가 생각에 잠겨 먼 곳을 응시하다가 말을 했다.

"내가 새라면, 올빼미일 거야."

그의 뜻밖의 대답을 들으며, 그와 함께한 오늘 하루 동안 밝고 따뜻한 기운을 불어넣은 것처럼 마음이 따뜻했음을 기억

했다. 우리는 갑판 가장자리의 딱딱하고 좁은 좌석에 붙어 앉아 있었다. 여행을 시작한 지 세 시간이 지났고, 하늘은 점점 회색빛으로 물들고 있었다.

섬이 가진 얼마 안 되는 색깔이 점차 바래면서, 바다 풍경이 흑백 스케치로 변했다. 차가운 바람이 치솟자 배가 출렁이면서 너울거리는 파도를 헤치고 나아갔다. 배는 마지막 섬을 떠나 이제 넓은 호를 그리며 돌아가기 시작했다.

배의 방향이 바뀌었다는 것은 바람이 부는 방향이 바뀌었다는 뜻이었다. 나를 향해 불던 공기의 흐름이 멈추자 내가 지금까지 눈치채지 못했던, 혹은 눈치채지 않으려 했던 것이 기분 나쁘게 떠오르는 시체처럼 의식의 표면을 자꾸 밀어올리고 있음을 깨달았다.

내 얼굴.

내 얼굴…….

낮부터 잠잠해진 긴장이 배 갑판에서 다시 고개를 들더니 이전보다 더 강렬하게, 더 단단하게 나를 휘감았다.

나는 모든 사람들의 충고를 따랐다. 이 아무것도 없는 야생에서 자연에만, 바다와 공기, 바위, 하늘에만 둘러싸여 있다. 악취와 플라스틱 유독 가스가 가득한 사무실의 인공적인 환경을 벗어났다. 여기는 형광등도 모니터도 없다. 여기엔 오로지 태양밖에 없다.

인간의 몸은 놀랍다. 일부분이 비틀거려도 다른 부분은 용감하게 계속 작동한다. 내 손은 목제 벤치 모서리를 꼭 쥐고 있는데 심장은 지그재그로 뛰었다. 시야가 흐려지고, 폐는 공기를 거의 들이마시지 못했다.

하지만 목소리는 여전히 침착했다. 새에 대해, 또 저녁은 무엇을 먹을지에 대해, 우리가 묵고 있는 숙소의 온통 칙칙한 합판 가구와 유리 장식품이 있고 창밖으로는 산울타리와 전신주 기둥 부분이 보이는 끔찍한 방에 대해 피트와 잡담을 나누는 내 목소리가 들렸다.

나는 몸에서 이탈한 것처럼 우리의 웃음소리를 들으며, 내 웃음소리가 너무 평범하게 들려서 깜짝 놀랐다. 나는 오늘을, 새와 하늘로 가득 채운 이 사랑스러운 날을 망치고 싶지 않았다. 오늘을 이대로 온전하게 끝내서 이제 곧 다가올 알 수 없는 운명을 물리치는 부적처럼 마음속에 간직하고 싶었다.

저녁에 숙소로 돌아오자 얼굴이 불타오르는 가운데 나는 모든 것을 놓아버리고 울부짖었다. 비좁은 더블 침대 위에서 피트가 나를 품에 안았다. 나는 소리쳤다.

"아아, 세상에! 이제 끝장이야. 햇빛 때문인가 봐. 그것밖에 없잖아."

우리는 둘 다 어찌할 바를 몰랐다. 피트와 나는 한 쌍의 밀랍인형처럼 뻣뻣하게 굳은 채 나란히 누워서 잠 못 이루는 밤을 보냈다.

다음 날 나는 피트 혼자 남은 휴가를 보낼 수 있도록 하고 혼자 집에 돌아가기로 했다. 피트가 나를 기차역까지 데려다 주었다. 나는 푹 젖은 목소리로 말했다.

"행운을 빌어줘."

"그래, 행운을 빌어."

나는 그렇게 동굴로 도망치는 동물처럼 이 아이러니하고 고통스러운 아름다움으로부터 달아났다. 그때 이런 생각이 떠올랐다. 내 안에서 내가 이해하지 못하는 일이 벌어지고 있다. 절대로 깨질 수 없다고 생각했던 계약이 깨지고 나의 존재가 서서히 마멸되고 있다…….

2005년 6월 II

휴가가 끝난 후 피트가 나를 만나러 런던에 왔다. 그때까지 나의 상태는 변한 게 없었다. 얼굴이 빛에 끝없이 반응하고 있었다. 나는 무력하게도 얼마나 오래, 그리고 얼마나 밝은 빛을 견딜 수 있는지 파악하기 어려웠다.

커튼을 쳐야 할 때도 있지만 해 질 녘에 산책을 나가도 괜찮을 때도 있고, 가끔은 가게에도 갈 수 있지만 가끔은 무엇을 해도 타는 듯한 끔찍한 느낌이 몇 시간이고 지속되었다. 항상 밀짚모자를 쓰고, 목에 스카프를 둘러서 얼굴 아랫부분을 가리는 습관이 생겼다. 그러면 좀 낫지만 노출의 고통을 완전히 없애지는 못했다.

피트와의 관계가 어떻게 되어갈지 모르겠다. 아마 무너질 것이다. 내 삶의 많은 부분이 모두 종말을 맞이하고 있는 것 같았다. 보통 2년 정도 사귄 남자친구와 헤어질 때는 정확하고 설득력 있게 해야겠지만, 나에겐 그럴 시간이 없었다. 내 안에서 맹렬한 자기보호 욕구가 자라나서 자존심을 전부 먹어치웠기 때문이다.

우리는 아파트의 작은 주방에 마주앉아 있었다. 소나무 식탁에 차가운 음료수가 있고, 바깥에서는 여름이 형광 파란색과 초록색으로 맹렬하게 이글거리고 있었다. 나는 식탁 모서리 너머로 손을 뻗어 피트의 손을 잡았다. 한 가지 가능성을 간절히 확인해야 했다.

"내가 당신한테 부탁할 게 하나 있어. 거절해도 괜찮아. 진짜 이해할 수 있어."

"좋아. 뭔데?"

나는 잠시 숨을 들이마셨다가 기어이 말을 뱉어 냈다.

"당분간 당신 집에서 같이 지내도 될까?"

나는 피트의 머리 너머 부엌 선반에 쌓인 접시와 그릇을 바라보았다.

"이런 부탁해서 미안해."

그는 아무 말도 하지 않았다. 단순히 빈방을 빌려 달라는 부탁이 아니었기 때문이다. 나는 그에게 바깥세상과의 교류를 도와 달라고, 빠른 속도로 괴물이 되어 가고 있는 나를 떠맡아 달라고 부탁하고 있는 것이었다. 피트가 말했다.

"생각 좀 해보고 대답해도 돼?"

"당연하지."

나는 그의 손을 꼭 잡아 주었다.

"자, 저녁은 어떻게 할까?"

그렇게 말하며 식탁 앞에서 일어나려다가 몸을 지탱하지 못할 만큼 다리가 떨린다는 사실을 깨달았다. 그날 밤 나는 잠을 이루지 못했다. 피트가 거절하면 다른 선택지는 뭐가 있을지 마음속으로 이리저리 궁리하면서 냉혹할 정도로 현실적인 생각에 초점을 맞추었다. 그가 거절한다면 모든 것이 끝장난다는 의미임을, 혼자서 미래를 마주해야 한다는 사실을 나는 직시하고 있었다.

우리는 아침 식사를 하면서 사소한 잡담을 나누었다. 피트의 표정을 보면서 그가 무슨 생각을 하고 있는지 점쳐 보려고 했지만 그의 입술 뒤에 어떤 말이 숨어 있는지 알 수 없었다. 마침내 피트가 말했다.

"사실은 어제 한숨도 못 잤어. 아무튼, 나는 받아들이기로 했어."

안도감이 크고 깨끗한 파도처럼 나를 덮쳤다. 너무 기쁜 나머지 펄쩍 뛰어 그를 끌어안았다.

"고마워. 정말 고마워."

"하지만 실험기간을 갖는 게 좋겠어. 어떤지 한번 보는 거지. 두 달 정도?"

가슴속에서 실망감이 요동쳤다. 그러니까 그는 내가 좋아서 어쩔 줄 모르는 건 아니라는 거였다. 하지만 나는 예상했어야 했다. 피트는 계획적이고 단정하고 신중하지만, 나는 굉장히 즉흥적인 편이다. 우리가 지금까지 잘 지내온 것은 서로를 적당히 보완했기 때문이다. 나는 다시 피트를 끌어안고 걱정을 쫓으며 말을 했다.

"그래, 합리적인 생각이야. 누가 알겠어? 몇 주만 살다 보면 둘 다 미친 듯이 으르렁거릴지도 모르지."

피트가 동의해 주어 고맙다는 듯이 내 목에 입을 맞추었다.

미래를 볼 수 있다면 얼마나 좋을까? 얼굴의 반응이 심하지만 분명 모자를 쓰고 스카프를 감고 피하는 것으로 나를 압도하는 고통은 끝나겠지…….

하지만 우리는 그 순간 우리를 기다리는 놀라운 반전을 상상도 하지 못했다. 불과 1년도 지나지 않아서 내 얼굴은 잠잠해지기는커녕 온몸이 강렬하게 반응하게 되었다. 따라서 나는 언젠가부터 어둠 속에 갇혀서 아무것도 못하게 되고 말았다.

에너지

어둠 속에 있으면 기운이 넘치는 것만 같다. 탁 트인 시골길을 몇 킬로미터나 달리고, 밤새도록 춤을 추고, 바닷물이 쓸고 간 모래사장에서 재주넘기를 할 수 있을 것 같다. 머리에 안개가 자욱하지도 않고 마음이 또렷하다. 팔다리에 생명과 에너지가 가득하고 신경망이 웅웅거린다.

나는 내 피부에만 갇힌 포로다. 내 뼈에서 나를 배반하는 이 막을 긁어낼 수만 있다면 얼마나 좋을까? 어둠은 자기 안에 이상한 것이 있음을, 깡통에 갇힌 채 뛰는 심장처럼 에너지 가득한 물질 덩어리가 갇힌 채 박동하고 있음을 느낀다.

그러나 어둠은 나름의 조용한 지혜가 있다. 천천히, 미묘하게, 그 쓸모없는 에너지를 가라앉힌다. 어둠에게는 평형을 회복하는 방법이 있다. 볼 것이 없으면 눈이 감긴다. 자연스러운 반응이다.

눈을 감으면 경계심이 둔해지고 생각은 내면을 향하며 호흡은 느려진다. 몸은 긴장을 풀고서 꼿꼿하게 서있을 필요가 있는지 의문을 품으며 침대나 바닥에 길게 눕고 싶어 한다. 결국 어둠 속에서 몸이 가장 안전하다고 느끼는 곳, 방향 감각을 잃고 가구와 얽히거나 벽에 쓸릴 확률이 가장 낮은 곳은 침대나 바닥이다.

봉인된 방에서 어둠이 수천 개의 다정한 혀로 내 몸에게 속삭인다.

"이제 그만 쉬어."

어둠이 부드러운 손가락으로 내 눈꺼풀을 쓸고 끈덕진 손으로 나를 아래로 잡아당기면서 말한다. 어둠은 수천 개의 다정한 입으로 내 살을 짓누르면서 너무나도 부드럽게 에너지를 빨아들인다.

나는 자주 굴복한다. 그 현명하고 인정 넘치는 애무에 굴복하는 것은 너무나 쉽고, 너무나 자연스러운 느낌이다. 하지만 나는 안다, 저항해야 한다는 것을. 나는 쇠약해지고 싶지 않다. 근육이 굼떠지고, 뼈에 벌집 같은 구멍이 숭숭 나고, 심장이 누운 자세에서 뛰는 것에만 익숙해지는 건 싫다.

나는 움직이지 않으면 어떤 위험이 닥칠지 알고, 형광등 불빛이 번득이는 병원에 입원해 봤자 의료진은 내 병을 알지도 못하고 타는 듯한 고통밖에 없다는 사실도 안다. 그럼에도 나는 강한 빛에 오래 노출되면 무슨 일이 벌어질지 아직 모른다. 치명적인 반응이 일어날 가능성도 있겠지만, 그러나 알고 싶지 않다.

그러므로 나는 안다, 움직여야 한다는 것을. 이제 나는 어둠 속에서 코어 단련에 힘을 쓴다. 골반에 힘을 주고 아랫배를 당긴다. 똑바로 누워서 한쪽 무릎을 굽히고 반대쪽 발뒤꿈치를 위쪽을 향해 수직으로 밀면서 예상치 못한 긴장에 다리 관절 뒤 힘줄이 꿈틀거리는 것을 느낀다.

한쪽 무릎을 가슴으로 당기고 반대쪽 다리를 카펫과 수평이 되도록 살짝 들어서 대퇴근 운동을 한다. 또 플랭크 운동으로 어깨를 강화하고 발가락을 차례로 구부리는 운동을 한다. 또 어떨 때는 머리 밑에 책을 두 권 받치고 똑바로 누워서 무릎을 자연스럽게 구부리는 세미수파인semi-supine 자세로 등을 길게 펴고 무릎을 멀리 쭉 뻗는다.

폭풍

나는 어둠 속에 앉아서 폭풍 소리에 귀를 기울였다. 벽에 비가 세차게 부딪히는 소리, 바람이 낮게 웅웅거리는 소리가 들리고 두개골을 진동시키는 불안하고 이상한 주파수가 느껴졌다.

한참 뒤엔 규칙적인 빗소리가 물러가고 더욱 맹렬한 바람 소리가 들리기 시작했다. 바람은 더 세고 빠르게 벽에 몸을 던지고 창유리를 덜컹덜컹 흔들었다. 홈통에 물이 넘쳐 똑똑똑 떨어지기 시작하고, 다른 홈통에서도 물이 떨어지면서 두 소리가 엇박자를 이루고 있었다.

거리에서 뭔지 알 수 없는 것이 덜컹덜컹 굴러갔다. 자물쇠를 잡아 뜯긴 대문이 앞뒤로 쾅쾅거리며 맹렬하고 불규칙한 박수를 쳤다. 집 안에서도 공기가 이리저리 움직이면서 창틀을 비틀고 닫힌 문을 잡아당겼다. 집이 금방이라도 일어나 춤을 추려는 것처럼 나를 둘러싼 채 몸을 들썩였다.

평소에는 무심하던 바깥세상이 깨어나서 나에게 손을 뻗으려 하고 있었다. 세상이 내가 갇힌 새장의 창살을 발톱으로 긁고 있었다. 세상이 나를 가둔 벽에 입을 대고 으르렁거렸다.

내 몸은 방에 얌전히 앉아 있는 법을 배웠다. 소리를 지르거나 흐느끼거나 몸부림치지 않는 법을 배웠다. 하지만 내 정신은 바람처럼 소용돌이치고 비처럼 몰아쳤다. 바깥세상의 난폭함이 내 안의 난폭함을 부추겼다.

날씨가 안 좋으면 아늑한 집 안에 있는 게 당연하다. 태풍이 부는 동안만큼은 나도 정상으로 돌아간 것 같다. 내 의지로 선택해서 사방 벽 안에 머무는 척할 수 있다. 하늘이 맑아지기만을 기다리고 있는 척, 날이 개면 문을 열고 거리로 나가서 푹 젖은 땅의 냄새를 들이마시고 장화를 신은 발로 웅덩이를 차고 반짝이는 이파리에서 미끄러지는 물방울을 볼 예정인 척할 수 있다.

서서히 비가 힘을 잃고 바람이 잠잠해졌다. 홈통에서 똑똑 떨어지는 물방울 소리가 끝나가는 교향곡을 조용히 마무리하고 있었다. 그러다 이내 그 소리마저 멈추었다.

음악

나에게도 귀가 있다. 그런데 왜 음악을 듣지 않을까? 음악도 있다. 내가 런던에서 가져온 CD와 테이프들인데, 일부는 앉은 자리에서 손을 뻗으면 닿는 책상서랍 맨 아래 칸에 줄지어 있고 일부는 아래층 책장에 피트의 것들과 섞여 있다.

종류도 다양하다. 클래식 집안에서 자란 나는 위풍당당한 합창곡과 오케스트라 작품을 좋아했다. 피아노와 현악기를 친근하게 조합한 실내악도 현악 사중주나 피아노 독주곡보다 더 부드럽고 덜 엄숙해서 좋아했다.

그리고 손가락 하나만 뻗으면 켤 수 있는 작은 라디오 안에는 예측할 수 없는 음악들이 끝없이 숨어 있고, 내 귀가 언제 강렬하고 생각지 못한 새로운 음악을 만날지 절대 알 수 없었다.

나도 노력해 보았다. 하지만 어둠 속에서 혼자 듣는 음악은 끔찍한 힘을 갖고 있다는 사실을 알게 되었다. 다른 감각으로는 희석되지 않은 음악은 뇌의 감정 중추를 너무나도 빨리, 너무나 완전하게 압도해서 몇 마디만 들어도 내가 조심스럽게 유지하고 있는 냉철함을 서러운 눈물로 녹여 내기에 충분했다.

내가 사랑했던 음악이든, 아니면 한 번도 들어보지 못한 음악이든 모든 음악이 이런 효과를 내었다. 굽이치고 꼬이는 멜로디나 아주 단순한 화음 변화마저 내 마음을 헤집는 손가락이 되어 기억의 뚜껑을 열고, 불가능한 열망을 덮고 있던 장막을 찢어 버리고 떠나보낸 기쁨에 조명을 비추었다. 음악은 그렇게 나를 뒤흔들어 신중하게 정리해둔 감정을, 잘 제어된 고뇌를 울부짖는 혼돈으로 바꾸어 버리곤 했다.

꿈 III

나는 낯선 방 침대에 앉아 있다. 벽은 크림색 배경에 오밀조밀한 분홍색 장미다발 무늬가 찍힌 강렬한 꽃무늬 벽지로 덮여 있다. 침대는 1인용이고, 침대 옆 창밖을 보자 안개 낀 스코틀랜드의 풍경이 펼쳐져 있고 그 너머로는 회색과 보라색이 뒤섞인 황야가 하얀 안개 때문에 흐릿하게 보인다.

방에서 낡은 가구, 퀴퀴한 침구, 부드럽게 내리는 비, 낡은 카펫, 손때 묻은 탐정 소설과 먼지의 냄새가 난다. 누군가가 살고 있지는 않지만 일시적인 행복에 필요한 것은 모두 갖춘 곳의 냄새다. 어린 시절에 우리 가족이 매년 휴가 때마다 빌리던 오두막집이다.

나는 등에 베개를 받치고 침대에 앉아서 뭔가 묵직한 것을 안고 있다. 고개를 숙인 나는 그것이 아기임을, 내 아기임을, 내가 최근에 낳은 아이임을 깨닫는다. 아기는 나처럼 창백한 피부와 큰 갈색 눈을 가졌다. 또 머리색은 정말 놀라울 정도로 새빨간 색, 얼룩 하나 없이 타오르는 불꽃같은 색이다.

나는 깜짝 놀라 누구에게서 물려받았을까 생각한다. 그러다가 피트의 어릴 때 사진을 봤을 때 그의 동생 데이비드가 아기와 똑같이 빨강머리였던 기억이 떠오른다.

그렇다면 말이 안 될 것도 없네, 라고 나는 생각한다. 잠에서 깨자 꿈은 사라지고, 나는 정말로 아기를 낳는 것이 생각도 할 수 없는 일은 아니었던 때를, 첫 번째 재난이 일어나고 두 번째 재난이 일어나기 전, 많은 것을 약속했던 적응과 희망의 몇 달을 떠올린다.

2005년 10월

내가 자리에 앉자 맞은편의 여자가 초조한 표정으로 나를 바라보았다. 그녀가 옆자리에 앉은 아이를 꼭 끌어안았다. 내가 상냥한 말투로 말해 주었다.

"괜찮아요. 전염되는 건 아니에요. 광선과민증이 있어서 그래요."

때는 10월, 런던행 기차를 타고 드디어 피부과 진료를 받으러 가는 길이었다. 나는 짙은 빨간색 외투를 입고 챙이 넓은 모직 모자와 직접 만든 마스크를 착용하고 있었다. 짙은 빨간색 새틴 스카프를 잘라서 빛을 조금 더 차단할 수 있도록 두 겹을 겹쳐 깔끔하게 단 처리를 한 다음 귀에 걸 수 있도록 고무줄을 달았다.

마스크는 코와 입, 뺨을 덮는데 조금만 시간이 흐르면 안쪽이 축축하고 갑갑해지고 안경에 김이 서린다는 게 문제였다. 그래서 한 번씩 열을 식히려고 마스크를 잠시 내리곤 했다.

맞은편 여자는 내 말을 무시하는 기색이 역력했다. 그녀가 의심스러운 눈으로 나를 빤히 보더니 한참 동안 창밖을 내다보았다. 노골적인 외면이었다. 기차는 밋밋한 회색 하늘 아래 특색 없는 교외 지역을 덜컹덜컹 달리고 있었다.

잠시 후 여자가 방금 막 무슨 생각이 떠올랐다는 듯이 아이를 안고 차량 반대쪽 끝으로 갔다. 나는 고개를 저으며 마스크 속에서 미소를 지었다. 사람들이 내 복장을 보고 이상하게 반응하는 것에 익숙해지는 중이었다. 이제 해 질 녘까지 기다리지 않는 한 밖으로 나갈 때마다 이렇게 입어야 했다.

나는 지난 7월부터 피트와 함께 이칭포드에 살고 있다. 그동안 나는 건강한 식단을 지키고 운동도 열심히 했다. 여름밤에 황혼의 향기를 맡고 고양이와 자주 마주치면서 주택단지를 달렸다.

요즘 들어 나는 피트의 책장을 탐색하며 예전에는 몰랐던 소설들, 주로 스릴러물을 즐겨 읽었다. 그러다가 청소를 하고, 우리 두 사람의 빨래를 하고, 몇 년 동안이나 가지고 있었지만 한 번도 쓰지 않았던 요리책의 레시피를 시험하기도 했다.

그러면서 나는, 어쩌면 나 자신을 정의한다고 생각했던 모든 것들을 – 일, 독립, 세상 어디든 가고 싶은 곳에 갈 수 있는 자유 – 잃는다고 해서 나 자신을 완전히 잃는 것은 아닐지도 모른다고 생각하기 시작했다. 나는 서랍장 뒤로 넘어가는 바람에 잊고 있었던 제일 좋아하는 옷을 찾듯이 나의 뭉개지고 구겨진 부분을 발견했고, 이제 그것을 반반하게 펴서 빛에 비춰볼 기회가 생겼다.

나는 용기가 별로 없다. 이 일이 없었다면 공무원이 아닌 삶은 어떤 것일까 이따금 궁금하게 여기면서도 옆으로 넘어가볼 배짱이 없어서 끝까지 에스컬레이터에 남았을 것이다.

이제 나는 이렇게 잔인하게 내쳐짐으로써 또 다른 내가 발전하는 모습을 볼 기회를 얻었고, 어쩌면 또 다른 우주에서는 내가 일에 몸 바치는 정책 전문가가 되어서 터벅터벅 계속 출근을 하고 사회의 이런저런 면모에 대한 경험을 쌓으며 늙어가고 있을지도 모른다.

나는 나만의 공간을 가지고 혼자 살고 싶었기 때문에 내 아파트에 집착했다. 하지만 여름 동안 피트와 함께 살면서 나는 그와 사는 것이 재미있음을 깨달았다.

그런 깨달음은 갑자기, 어느 날 점심을 먹다가 식탁 건너편을 보고 내 눈앞의 공간이 그의 형체로 채워져 있음을 발견했을 때 찾아왔다. 그러자 마음속의 비밀스러운 미소처럼 내 안에서 뭔가가 둥실 떠올랐다.

기차가 클래펌 교차로에 들어설 때, 나는 이상하게 들떴던 이번 여름에 대해서 곰곰이 생각하고 있었다. 내가 플랫폼에서 사람들을 헤치고 지나가자 어느 젊은 여자가 내 마스크를 보더니 손으로 입을 가리고 친구에게 중얼거렸다.

"마이클 잭슨 같다!"

나는 축축한 마스크 뒤에서 다시 미소를 지었다. '음, 그건 몰랐네. 마이클 잭슨은 왜 그랬을까, 성형수술을 너무 많이 받아서였을까, 세균이 너무 걱정되어서였을까?'

진료는 김빠지는 결말이었다. 피부과 전문의가 광선과민증에 대한 나의 설명을 듣더니 특수 확대 램프로 얼굴을 진찰했다. 의사가 말했다.

"별로 좋아 보이지 않네요. 하지만 제 전문 분야가 아니에요. 광생물학 전문 병원으로 가셔야겠네요."

2005년 11월

11월 첫 주는 '나무 주간'으로, 가을빛이 가장 화려해서 사진가들이 시간과 관심을 투자할 가치가 가장 높은 때이다. 그래서 피트는 일주일 내내 회사를 쉬기로 했다. 나무 주간은 기후에 따라서 달라진다. 강풍이 계속 불었다면 잎이 다 떨어지고 없고, 날씨가 온화하면 단풍이 완전히 들지 않을 수도 있다.

하지만 사진을 찍고 싶다고 해서는 회사가 즉흥적으로 나무 휴가를 허락해 주는 것은 아니므로 미리 정해서 신청해야 하는데, 대체적으로 11월 첫 주의 일주일이 제일 좋다.

"윙크워스 수목원은 어땠어?"

어느 날 오후, 피트가 자동차에 삼각대와 카메라 장비를 싣고 돌아오자 내가 물었다. 피트가 열광적인 목소리로 말을 했다.

"정말 멋졌어. 사람이 별로 없어서 더욱 좋았어! 금요일엔 뉴포레스트에 갈 거야. 같이 갈래?"

나는 얼른 승낙했다. 뉴포레스트 국립공원에 가본 적이 없지만, 어렸을 때 만화《아스테릭스》(로마군에 맞서서 작은 골족 마을을 지키는 전사들의 모험 이야기)를 다 읽은 뒤부터 항상 멧돼지에 약했기 때문에 뉴포레스트 동물원에 멧돼지를 보러 간 적은 있다. 그때 멧돼지는 당당한 태도로 유유히 걸어 다니면서 파헤쳐진 땅을 기다란 코로 쑤셔 넣었다.

커다란 목제 우리 울타리에 붙어 있는 게시판은 멧돼지의 높은 지능과 빠른 달리기와 강에서 헤엄을 치는 능력을 칭송했다. 또한 멧돼지 사냥은 아주 위험하기 때문에 고대로부터 아주 대단한 것으로 여겼다고 했다. 나는 그렇게 뛰어난 생물의 팬이라는 사실이 기뻤다.

하지만 금요일 아침에 우리는 멧돼지가 아니라 다른 것을 쫓았다. 우리는 양옆에 벽처럼 늘어선 매끄러운 나무들 사이에서 오르락내리락 이어지는 A339 도로를 덜컹거리며 달렸다.

"볼더우드 표지판에서 우회전을 해야 하니까 잘 봐."

피트가 말한다.

"저기, 저기야!"

내가 외쳤다. 우리는 늘어선 나무 때문에 터널 같은 일차선 도로로 접어들었다. 자동차 안은 침침했다. 큰 도로의 자동차 소리가 잦아들고, 곧 잎이 우거진 침묵 속에서 평소보다 크게 느껴지는 타이어 소리와 엔진이 가르랑거리는 소리밖에 들리지 않았다.

시간이 느려졌다. 몇 시간처럼 느껴지지만 분명 몇 분밖에 되지 않는 시간 동안 움직이는 것이라고는 나무들이 높이 쳐든 팔 밑에서 조용히 나아가는 우리밖에 없었다.

마침내 도로 옆 자갈 깔린 작은 주차장에 멈추었다. 나는 차에서 내려 갑자기 나타난 밝고 흰 하늘 조각을 올려다보았다. 숨을 들이마시자 공기가 탄산수처럼 상쾌했다. 피트가 트렁크를 열고 장비를 꺼냈다.

"경량 삼각대를 가져와서 다행이야. 들고 다니기가 훨씬 편하거든."

우리는 텅 빈 일차선 도로를 건너 밝은 초록색 풀이 수염처럼 난 모래 길을 따라 걷기 시작했다. 자동차의 출입을 막기 위한 무릎 정도 높이의 나무 울타리가 나왔다. 우리는 그것을 가볍게 넘어 구불구불한 모랫길을 걷기 시작했다.

나무는 전부 거대하고 개성이 넘쳤다. 짙은 갈색 나뭇잎에 뚱뚱하고 옹이 진 떡갈나무, 비스킷 같은 복숭앗빛 나뭇잎에 기둥처럼 매끈한 너도밤나무, 금빛 자작나무, 동참을 거부하듯 드문드문 나타나는 침엽수들까지. 발밑에서 나뭇잎이 바스락거렸다. 가끔 옆으로 작은 동물이 지나가면서 바스락바스락 소리를 냈다.

"여기 좋은 나무가 있군."

길에서 약간 비켜서서 근육질 회색 팔을 땅과 정확히 평행으로 뻗은 커다란 너도밤나무가 나오자 피트가 말했다. 가지가 몇 미터 정도 곧게 뻗다가 위쪽으로 구부러져서 앉아 있기가 딱 좋았다. 내가 거기에 앉으며 행복하게 말했다.

"정말 멋지다. 높이가 딱 좋아."

위로 나뭇가지가 층층이 겹쳐져서 그늘이 지고 있었다. 나는 마스크를 벗어 외투 주머니에 쑤셔 넣었다. 피트가 삼각대에 카메라를 장착한 다음 나에게 다가와 손을 잡았다.

"내가 너 정말 많이 사랑하는 거 알지?"

그 말과 동시에, 교수형 집행인이 의자를 걷어찬 것처럼 심장이 뚝 떨어지는 느낌이었다. 어떻게 하지? 남자들은 왜 이럴까? 어째서 멋진 나들이를 계획하고 아름다운 곳으로 데려가서 사랑한다고 말하고서 여러 가지 미묘하고 복잡한 이유들 때문에 헤어져야겠다고 말할까? 나는 탄산수 같은 공기를 마지막으로 들이마신 다음 나무에 기대어 마음을 다잡았다. 하지만 피트 입에서 나온 말은 내 예상을 벗어났다.

"결혼해 줄래?"

나는 몇 초간 정말 깜짝 놀랐다. 눈을 동그랗게 뜨고 그를 빤히 바라보았다. 머릿속에서 뒤죽박죽 말도 안 되는 생각들이 폭포처럼 쏟아져 거칠게 소용돌이치면서 미세한 물방울 같은 의문을 쏟아냈다. 뭐라고 대답해야 할지 알 수 없었다. 머릿속에 불쑥 떠오른 말은 '진심이야?'였다.

그가 그렇다는 듯이 힘껏 머리를 끄덕였다. 내 머릿속은 온통 뒤죽박죽인데, 그는 밝게 웃기만 했다. 나는 여전히 무슨 말을 해야 할지 알 수 없었다. 그러다 마침내 입이 나를 대신해서 말을 했다.

"좋아."

2005년 12월

"직업 교육을 받고 배관공이 될까봐."

내 말을 듣는 피트의 표정은 미심쩍다는 기색이 역력했다.

"그리 좋은 생각 같지는 않은데. 욕조를 들어 올릴 수 있어야 할걸."

우리는 일요일 점심을 배불리 먹은 다음 식탁에 앉아서 내가 무슨 일을 할 수 있을지 고민하면서 뭔가 독창적인 생각을 떠올리려고 애를 쓰고 있었다. 문제는 현대적인 사무실 환경에서 일하거나, 실외에서 너무 많은 시간을 보내거나, 형광등 불빛 아래에서 긴 시간을 보낼 필요가 없는 일을 찾는 것이었다.

"일대일 대면 서비스를 하는 분야가 좋을 거야. 내 스스로 환경을 제어할 수 있고, 사람들이 나를 찾아오는 일……."

내 말에 피트가 말했다.

"정신치료나 상담이 딱이네."

"난 그런 쪽 일은 잘 못해."

"피아노 교습 어떨까?"

피트의 말에 정신이 번쩍 들었다. 아버지가 런던 필하모닉의 첼로 연주자였으니, 그건 어쩌면 가족 사업을 잇는 일이나 마찬가지였다. 우리는 그 일이 가장 현실성 있는 대안이라는

데 생각을 같이했다.

다음 날부터 피아노 교습에 대해 알아보니 왕립음악대학에서 주관하는 피아노 등급 시험 외에 특별한 자격 없이 일을 시작하고, 일을 하면서 점점 배워 나가는 사람들이 많았다. 하지만 나는 그 정도로 저돌적이지 않았다. 관료주의에 길든 나는 교육과정을 마치고 증명서를 따면 더 자신 있을 것이었다.

나는 또 유럽 피아노 교사 연맹 영국 지부에서 실시하는 피아노 교습 교육이 1월부터 시작하며, 교육을 받으려면 6개월 동안 둘째 주 일요일마다 왕립음악대학에 가야 한다는 사실도 알아냈다.

얼굴 상태를 생각하면 어렵겠지만 그래도 할 수 있을 것 같았다. 나는 열일곱 살 때 등급 시험의 마지막 단계인 8급 시험을 통과했고, 그 후로 전공자 수준의 작품을 꾸준히 연주했기 때문에 교육과정에 등록할 자격이 되었다.

등록 마감이 얼마 남지 않았는데, 나는 관심과 의욕이 넘쳐서 등록하기로 결심을 했다. 하지만 한 가지 방해물이 있었다. 실제로 평가를 받고 증명서를 따려면, 매주 배우는 내용을 시험 삼아 가르쳐야 할 학생이 두 명 있어야 했다. 학생들의 레슨 계획을 짜고, 일지를 기록하고, 실력이 얼마나 향상되었는지에 대해 긴 에세이를 써야 하는 것이다.

경험을 넓히기 위한 교육과정이므로 이미 피아노를 가르치고 있는 사람들은 학생을 구하는 것은 별문제가 되지 않지만 나는 새로 시작하는 풋내기이고, 따라서 아무것도 없는 상태에서 한 달가량 뒤인 1월 중순 전까지 이 동네에서 학생 두 명을 어떻게든 만나야 했다.

그래서 나는 광고지를 만들었다. '피아노를 배우고 싶으셨나요? 교습 프로젝트에 함께할 학생 두 명을 구합니다.' 피트가 포토샵으로 검은색 바탕에 흰 글자를 입력한 다음 대각선으로 비스듬하게 올라가는 피아노 건반 그림을 넣어서 전단지를 만들고, 나와 같이 동네 가게와 도서관 등 주변에 뿌렸다.

2006년 1월

새해가 밝자마자 첫 번째 학생이 나타났다. 리비라는 침착하고 똑똑한 열 살짜리 여자아이인데, 파란 눈은 부리부리하고 곧게 뻗은 머리카락은 옅은 색이었다. 리비의 어머니는 리비가 여러 가지를 해보면서 뭘 좋아하는지 알아보는 기회를 가지는 게 좋겠다고 생각해서 벌써 축구와 프랑스어, 리코더를 가르치고 있었다.

시작이 좋았기 때문에 두 번째 학생도 금방 찾을 것 같지만 하루 이틀이 지나도 전화기는 미칠 듯이 조용했다. 나는 교육과정 설명을 다시 읽어 보았다. 확실히 학생 두 명이었다. 게다가 각기 다른 교육과정을 밟아야 하는 학생 두 명이어야 했다.

나는 나의 약혼자를 바라보았다. 교육과정이 시작되기 며칠 전, 피트는 직장에서의 일과를 마치고 소파에 편안히 앉아서 토요일 신문을 읽고 있었다.

"피트. 엄청난 부탁을 하나 해도 될까?"

"무슨 부탁인데?"

"있잖아, 정말 미안해, 다른 방법이 있었으면 정말 부탁하지 않았을 텐데, 음…… 내가 아직 학생을 한 명밖에 못 구한 거 알지?"

"응."

"두 명이 안 되면 교육과정을 다 마쳐도 증명서를 못 받을 거고, 그러면 정말 괴로울 거야."

"응."

"음…… 그래서 내가 생각해 봤는데 당신이 학생을 하면 어떨까?"

"뭐?"

피트가 신문을 보던 시선을 날카롭게 쳐들었다.

"두 번째 학생이 되어서 나한테 피아노 좀 배워 줄래? 몇 달만, 내가 교육과정을 듣는 동안만, 응?"

"나보고 피아노를 배우라고?"

"응."

"하지만…… 나는 악보도 못 읽는데."

"가르쳐 줄게. 그것도 교습 과정에 들어가."

"하지만…… 내가 뭘 해야 하는데?"

"내가 매주 당신한테 레슨을 할 거고, 당신은 틈틈이 연습을 하면 돼."

"연습을?"

"그래, 조금씩만 해. 거의 매일이지만……."

"연습을 하더라도, 축구 중계 할 때는 안 할 거야."

"그럼, 그럼, 당연하지. 진짜로 매일 할 필요는 없어."

"흐음……. 잘 못할 것 같은데."

"그건 전혀 중요하지 않아. 아무튼 해보기 전에는 모르는 거잖아."

결국 피트도 그러기로 한다. 내가 몸을 숙여 피트를 끌어안고 그의 머리카락에 내 얼굴을 가져다 대며 말을 했다.

"고마워, 피트. 전부 다 말도 안 되는 일뿐인데, 이런 말도 안 되는 부탁까지 해서 미안해."

우리가 교육을 받는 곳은 왕립음악대학 빅토리아 시대 건물 3층의 크고 천장이 높은 교실인데, 긴 창 두 개를 통해서 파란 하늘이 보였다. 나는 강사들, 다른 학생들과 협상을 해서 바깥 날씨가 특히 흐리거나 어둡지 않을 때는 교실 형광등을 켜지 않기로 했다.

그러나 '피아노 교사를 위한 심리학'이나 '작곡과 음악적 형식' 같은 특강을 하러 들어오는 특별 초빙강사들도 많았다. 그 사람들은 조명을 자기들이 알아서 결정한다. 어떤 강사가 활기차게 들어와서 '자, 불을 좀 켜고 하죠!'라고 말하면 나는 교실에서 제일 어두운 구석으로 우물쭈물 물러나 모자와 마스크를 써야 했다.

나는 쉬는 시간마다 난처했다. 다른 사람들과 식당으로 가서 마스크를 벗고 같이 먹고 마시고 어울리면서 고통을 참아야 할지, 아니면 식당에는 같이 가되 다른 사람들이 커피를 마시고 샌드위치를 먹는 동안 나는 마스크를 쓴 채 아무것도 먹지도 마시지도 않고 어울려야 할까…….

그것도 아니면 조용하고 불 꺼진 교실로 가서 아무것도 요구하지 않는 그랜드피아노 한두 대가 흐릿한 카펫 건너편에서 우아하게 깎은 다리로 서서 지켜보는 가운데 혼자 식사를 해야 할까?

몇 주 동안 이 모든 방법을 섞어도 보고, 차례대로도 해보았다. 나의 특이한 질병은 나와 다른 학생들 사이에 눈에 보이지 않는 장벽을 만들어 우정 어린 교류를 어렵게 만들었고, 이 부분이 교육과정 중에서 가장 큰 스트레스였다.

2006년 2월

피트는 5주 동안 피아노 레슨을 받았다. 나는 레슨 한 회 한 회를 신중하게 계획하고, 어떻게 진행되는지 보고서를 써서 교육과정 파일에 넣었다.

이과 출신의 다 큰 어른을 가르치는 것은 열 살짜리 여자아이를 가르치는 것과는 전혀 다르다. 내가 중앙 C음을 가르쳐 줄 때 피트는 이렇게 말했다.

"왜 중앙 A음이라고 안 하지? 그게 더 논리적인데."

이 질문에 답하기 위해 나는 음조의 원칙, 온음계, 음자리표 전개, 음과 음 사이의 조화로운 비율 등에 대해 설명했고 이것은 기나긴 토론으로 이어졌다. 물론 이 같은 이론 교육은 내가 원래 레슨에서 가르치려던 것은 결코 아니었지만, 이런 일은 곧잘 일어나곤 했다.

피트는 연습을 꽤 열심히 했다. 그가 연습을 하는 동안, 나는 그를 방해하지 않으려고 다른 일을 하거나 어느 때는 달리기를 하러 나가기도 했다. 나는 어렸을 때 나의 피아노 선생님이었던 엄마와 한집에 살면서 피아노 연습을 하는 게 어땠는지 너무나 뚜렷하게 기억이 났다. 이따금 내가 실수를 반복하면 엄마는 참지 못하고 달려와서 '아니, 아니야. 중앙부를 놓쳤잖아. 내가 시범을 보여 줄게!'라고 말하며 나를 의자에서 밀어내곤 했다.

어느 날은 연습을 마치고 엄마가 있는 주방으로 가면, 엄마가 '쇼팽은 아주 잘 쳤어. 박자를 맞추려고 노력하는 게 좋더라' 같은 의례적인 칭찬을 했다. 그래서 나는 보통 이른 아침에 정원이 내다보이는 방에서 두꺼운 벨벳 커튼을 철저하게 친 다음에 연습을 했고, 그때 부모님은 위층에서 주무시고 있었다.

여기는 이칭포드, 저녁 8시쯤이다. 피트는 피아노 연습을 하고 있고, 나는 위층 서재에 앉아서 같은 부분에서 실수를 자꾸자꾸 반복하는 피트의 연주를 듣지 않으려고 애를 썼다. 아래층으로 내려가면 안 돼! 단호하게 혼잣말을 하면서 피아노 교습을 위한 이론서에 열심히 집중했다.

실수는 계속 반복되었고, 그것을 들으며 나는 이를 악물었다. 절대 내려가지 말자. 그렇게 다짐했지만, 소용이 없었다. 피트의 연주는 점점 이상하게 흘러가고 있었다. 지금쯤은 아마 연습에 질리고 있을 것이다. 내가 끼어들어야 한다! 그래서 나는 서둘러 아래층으로 내려가 거실 문을 열었다.

피트는 피아노 앞에 앉아서 벌써 50번째로 망친 곡을 연주하고 있었다. 방 안 가득히 웅웅거림과 웅성거림이 섞인 소음이 들리는데, 처음에는 이게 무슨 소리인지 짐작도 안 갔다.

마침내 피아노 위에 자리 잡은 작은 은색 라디오가, 최대한 길게 뻗은 가늘고 반짝이는 안테나가 눈에 들어왔다. 집 안 가득 들리던 소음이 무슨 소리인지 이제야 알았다. 피트는 피아노 연습을 하면서 라디오로 축구경기 중계를 듣고 있었던 것이다.

"피트! 도대체 뭐 하는 거야?"

피트가 연주를 멈추고 돌아보며 머뭇머뭇 대답했다.

"어…… 뭐랄까, 일종의 멀티태스킹인데……."

"피트, 솔직히 이렇게 하면 아무 소용이 없어! 축구 중계를 듣느라 제자리걸음을 하면서 30분 동안 연습하는 것보다 집중해서 10분 연습하는 게 훨씬 나은 일이야. 내 말을 믿어, 이건 비효율적이야."

피트가 라디오를 끄며 어쩔 수 없다는 듯이 말을 했다.

"어, 알았어, 무슨 말인지 알겠어."

그러는 그를 바라보며 나는 이렇게 말할 수밖에 없었다.

"있잖아, 오늘 연습은 이만하면 충분한 것 같아. 경기 중계

나 듣지 그래?"

피트는 내 말에 순순히 따르며, 라디오의 볼륨을 최대한 올려놓았다.

2006년 2월 말

피트와 나는 결혼 계획에 착수했다. 우리의 계획은 이랬다. 예식을 올릴 수 있는 가까운 호텔을 찾은 다음 피트가 다니는 교회에서 축복을 받고 호텔로 돌아와 피로연을 하기로 했다.

호텔 여러 곳을 알아보았는데, 쾌적한 부지에 기다란 2층 건물이 사방으로 뻗어 있는 '매너Manor'라는 호텔이 제일 괜찮아 보였다. 진입로에 키가 큰 플라타너스가 줄지어 서있고, 단단한 밑동은 이른 봄의 태양을 향해 금빛 혀를 내민 크로커스 꽃밭에 묻혀 있는 곳이었다.

안으로 들어가면 짙은 갈색 패널을 댄 벽과 회록색 카펫이 깔린 바닥, 엔틱 가구와 금테를 두른 액자에 들어 있는 그림이 나왔다. 게다가 조명도 구식이어서 호화롭지 않은 샹들리에와 수수한 형태의 촛대들이 설치되어 있었다. 그 정도라면 내가 충분히 감당할 만한 백열전구로 생각되었다.

그래서 전체적으로 온화하고 느긋한 분위기가 난다. 게다가 냄새까지 좋다. 어울리지 않는 새 가구 냄새나 공업용 세제 냄새도, 뭔가를 튀기는 냄새도 나지 않는다.

매너 호텔의 결혼식 진행 책임자는 실리아라는 여성이었다. 그녀는 길고 짙은 까만 머리에 깡마른 체형, 검정색 눈썹이 한데 모여서 다소 까다롭게 보이는 인상이었다. 우리가 실리아에게 호텔이 정말 마음에 든다면서, 9월에 식을 올릴 생각이라고 말하자, 그녀가 머리를 가로저으며 말했다.

"안 돼요. 그렇게는 안 돼요. 더 늦게 하셔야 될 거예요. 9월은 예약이 끝났어요."

"오늘 아침에 전화했었는데, 9월은 아직 괜찮다고 하셨는데요?"

"누가 그랬죠?"

"모르겠어요, 나와 통화하신 분인데……."

실리아가 잠시 머리를 갸웃거리더니, 이렇게 말을 받았다.

"으음, 있을지도 몰라요, 하지만 있어도 하루 정도밖에 없을 거예요."

"하객은 90명, 식탁에 앉아서 식사하는 방식을 생각하고 있어요."

"90명은 안 돼요."

실리아는 이렇게 무조건 안 된다는 말부터 하는 여자인 것 같았다.

“오크 룸은 45명, 가든 룸은 70명, 뷔페로 하면 110명도 가능하고요.”

“연회장 두 곳을 다 쓰면 어떨까요? 넓은 문을 통해서 연결되잖아요. 가족이랑 가까운 친구들은 우리랑 같이 오크 룸에, 다른 사람들은 가든 룸에 앉고 문을 열어 두면 돼요.”

실리아가 눈썹을 찡그렸다. 뭔가 또 안 된다고 하려나 보다.

“테이블이 부족해요. 외부에서 대여해야 할 거예요.”

“하지만 가능은 한 거잖아요. 추가 비용이 들어간다면, 우리가 지불할게요.”

실리아는 자기 말에 순순히 따르지 않는 우리가 마음에 들지 않는다는 듯이 잔뜩 찌푸린 얼굴로 테이블을 대여할 수 있다고 인정하고, 파일에 우리와 대화한 내용을 메모했다.

“그리고, 춤을 출 수 있었으면 해요.”

호텔에 디스코 기계와 작은 댄스플로어가 있어서 가든 룸 끝 쪽에 설치할 수 있다는 말을 문의전화를 할 때 담당자에게 들었다.

“우리는 전통적인 포크댄스 같은 걸 생각 중이에요. 사회자가 있고, 사람들이 연회실 전체를 오가면서 춤을 추는…….”

“그건 안 돼요! 카펫 때문에 보건 문제와 안전 문제가 생길 수 있어요."

우리는 장시간 동안 대화를 나누면서 보건 문제와 안전 문제가 생기지 않도록, 우리가 가든 룸 카펫 전체를 덮는 댄스 플로어를 대여하면 괜찮다는 결론을 얻어 냈다. 피트의 생각대로라면 댄스 플로어는 보통 조립식이라서 연회실에 맞게 크기를 늘리거나 줄이기가 비교적 쉬울 것이다.

이런 긍정적이고 창의적인 생각들이 실리아를 짜증 나게 만든 게 분명했다. 그녀는 신경질적으로 입술을 깨물면서 뭔가 우리를 공략할 틈을 찾는 것 같았다. 피트와 나는 눈길을 나누며 이제 슬슬 이 까다로운 여자와 이야기를 끝낼 때가 되었다고 생각했다.

사실 나는 결혼식을 올리기로 마음을 먹고 알아보기 시작하면 서비스를 제공하는 사람들이 온 힘을 다해서 내 조건에 맞춰 주려고 애를 쓸 줄 알았다. 피트와 내가 돈을 좀 쓰겠다고 마음먹었으니 서비스를 제공하는 사람들이 선뜻 문을 열어 줄 줄 알았다. 하지만 실리아는 그렇지 않았다. 그녀는 남들의 꿈을 무자비하게 통제하는 게 좋다고 생각하는 여자였다.

자동차로 돌아온 우리는 서로를 바라보며 말을 했다.

"세상에. 정말 대단한 사람이야."

"우리가 호텔에 돈을 내겠다는데, 왜 저렇게 빡빡하게 굴까? 정말 이해할 수 없는 여자야!"

하지만 호텔이 정말 마음에 들고 조명도 적당하고, 다른 직원들은 모두 친절했기 때문에 우리는 계획대로 밀어붙이기로 했다. 그럼에도 실리아는 이상하게도 자꾸 방해를 하면서 불쾌하게 굴고, 전화를 절대 받지 않았다.

내가 다른 매니저와 통화하면서 음료수에 대한 몇 가지 사소한 사항을 합의하자, 전화기 속에서 잔뜩 화가 난 실리아의 목소리가 들렸다.

"그 사람들이랑 어떤 것도 정하면 안 돼요."

그것만이 아니었다. 우리가 미리 정해진 약속 시간에 맞춰서 호텔로 가도, 실리아는 자리에 없었다. 이런 식의 노골적인 적대감은 왜 생긴 것일까? 피트가 미간을 찌푸리며 말했다.

"그 여자는 고객 서비스에 정말 안 맞는 사람 같아, 그렇지?"

"맞아, 내 생각엔 직업을 잘못 택한 것 같아. 사람을 별로 좋아하지 않는 것 같아."

그런 가운데서도 결혼식에 대한 세세한 부분들을 모두 결정했지만, 나는 자꾸만 결혼식 당일에 대해 좋지 않은 예감이 드는 걸 피할 수 없었다. 실리아가 검은 머리를 휘날리며 호텔 계단을 성큼성큼 걸어 내려와 손바닥이 보이도록 손을 들고 '안 돼요! 당신은 못 들어와요!'라고 외치는 모습이 자꾸 떠올랐다.

우리는 결국 결혼식을 치르지 못했지만, 그것만은 실리아의 잘못이 아니었다. 이상한 힘이 우리의 계획을 망쳤고, 그 사실에 대해서만큼은 내 예감이 옳았다.

공수특전여단SAS: special air service

요즘 나는 공수특전여단이 벌이는 스릴러 이야기에 푹 빠져 있다. 놀란 것은 이 스릴러가 온갖 유용하고 실용적인 정보를 가득 담고 있다는 사실이다.

예를 들어서 SAS 대원은 밤에 지도를 볼 때 항상 한쪽 눈을 감는다고 한다. 인간의 눈이 어둠에 완벽하게 적응하려면 40분이 걸리기 때문에 한쪽 눈을 감고 있으면 조명을 켜도 어둠 속의 시력을 완전히 잃지 않는다. 나는 40분 걸린다는 말을 충분히 믿을 수 있다. 가끔은 검은 방에 한참 동안 앉아 있어야 커튼 사이의 틈이나 문 아래쪽의 선이 보이기 시작하기 때문이다.

나는 며칠 내내 풀숲에 숨어 지내면서 목표물을 관찰하는 법도 배웠다. 그때 필요한 장비에 전지 가위, 정원용 장갑, 위장망, 랩, 지사제, 석유통, 소리가 나지 않는 음식이 들어간다는 사실도 알게 되었다.

목을 부러뜨릴 때는 잼이 들어 있는 병뚜껑을 열 때처럼 돌려야 한다는 사실도 배웠다. 또 개에게 쫓길 때 체취를 숨기는 법과 강을 헤엄쳐서 건널 때 옷을 벗고 부표를 만드는 법도 배웠다. 반대편에 도착했을 때 입을 마른 옷이 있어야 하기 때문이다.

정말 너무나 흥미진진하고, 정말 재미있고 자극적이다. 특히 내가 새로운 기술을 익히는 것이 거의 불가능한 상황이기 때문에 더욱 그렇다. 그래서 나는 생존 이론 수업을 즐겼다. 나는 아마도 전 인류 중에서 제일 SAS에 들어갈 자격이 없는 사람이자 그런 기술을 써먹을 확률이 가장 적은 사람이겠지만, 그런 사실은 전혀 신경 쓰지 않는다.

나는 나만의 어둠 속에서 수많은 삶을 살고 있다. 신기하게도 SAS 영웅들과 나 사이에는 한 가지 공통점이 있다. 바로 위기관리를 위해 철저히 노력한다는 점이다.

SAS는 작전을 시작하기 전에 능력을 최대한 발휘해서 목표물을 조사하고 빈틈없이 준비한다. 그들은 경비원이 주변 울타리를 순찰하는 시간, 출구 위치, 적의 수와 화기를 확실히 확인하려고 애를 쓴다.

SAS는 여러 가지 시나리오를 전부 생각해서 각각의 상황이 일어날 경우에 어떻게 대처할지 계획한다. 또 마지막으로 장비가 제대로 작동하는지, 신속하게 꺼낼 수 있는지, 각각의 물품이 어느 주머니에 들어 있는지 정확히 확인하고, 확인하고, 또 확인한다. SAS는 모든 위험을 될 수 있는 대로 최소화한 다음 위험 지역에 들어간다.

이전의 삶에서 나는 구급약품도 없이, 때로는 혼자서 스코틀랜드 산지를 돌아다닌 적이 있었다. 가끔 작은 강을 걸어서 건너 맞은편으로 가기도 했다. 한번은 비글스웨이드의 친구네 집에 놀러 갔다가 이어지는 도로 건너편 길로 가고 싶어서 친구와 손을 잡고 고속도로를 건너기도 했다. 우리는 차들이 시속 110킬로미터 넘는 속도로 달려오는 4차선 도로를 짜릿한 기분으로 미친 듯이 달려서 건넜다.

하지만 이런 것들은 전부 계산된 위험이었다. 나는 각각의 환경에서 판단력을 발휘해서 가능한 결과를 가늠해 보고, 그래도 괜찮을 확률이 그렇지 않을 확률보다 높다고 결론을 내렸다.

이제 나는 그런 무모한 시도를 포기했다. 나는 영원한 위험 지역에 살고 있고, 괜찮지 않을 경우 위험이 얼마나 큰지, 잘못될 경우 무엇이 나를 기다리고 있을지를 항상 강렬하게 의식하며 살고 있다.

부엌의 높은 선반에서 접시를 꺼낼 때에도 의자가 건들거리지 않는지 확인하고 또 확인해서 아주 신중하게 결정한다. 하루에 두 번 양치질을 할 때에도 권장하는 대로 2분을 세고, 충치가 생기지 않기를 바라면서 열심히 치실까지 쓴다. 무슨 까닭인지 모르겠지만 나는 닭고기 요리를 먹고 탈이 난 적이 많기 때문에 종종 엄마에게 전화를 해서 다음과 비슷한 질문을 한다.

"엄마, 피트가 토요일 점심 때 닭고기 요리를 했는데 저녁 때까지 실온에서 식힌 다음에 냉장고에 넣은 지 이틀 됐어요. 먹어도 될까요?"

그러면 엄마는 분명하고 절대적인 조언을 해준다. 그런가 하면 피트는 직장에서 보건 교육을 받으면서 안전을 위한 구호를 배웠다. 그런 구호들 중엔 이런 말도 있다.

"설마가 아니라 혹시라고 생각하자."

나는 정말 그렇게 한다. 내 모든 행동에, 어둠과 침침함 속에서 내리는 모든 사소한 결정에 조심성이 퍼져 나가도록 행동한다. 그리고 나는 임신을 하면 안 된다. 절대로.

전화 친구

나는 만성 희귀질환을 앓고 있는 사람들의 모임을 알게 되었다. 그들은 한 번도 만난 적 없이 전화 통화만 하는 친구들로 낮 동안 집에서 나가지 않는, 아니 사실 거의 항상 집에만 있는 친구들이 대부분이다.

나와 마찬가지로, 그들에게도 잃어버린 옛 삶이 있었다. 이제 그들은 의사가 병명은 알지만 치료는 할 수 없는 중간지대를 헤매고 있다. 그들은 저마다 의심과 적개심과 가느다란 희망을 품은 채로 하루하루를 보내고 있었다.

우리가 서로의 존재를 발견하게 된 데는 그만한 이유가 있었다. 유럽연합이 가정과 사무실의 조명을 전부 소형 형광등으로 바꾸는 것을 의무화하는 계획을 발표하면서, 형광등 불빛에 고통스럽고 심각한 반응을 일으키는 각종 희귀질환을 가진 사람들 사이에 깊은 우려가 생겼다.

나는 일이 어떻게 되어 가는지 파악하기 위해서, 영국 정부와 유럽연합에 어떻게 하면 압력을 넣을 수 있는지 논의하기 위해 희귀질환을 가진 사람들과 이야기를 나누게 되었고, 서로들 다른 사람들을 소개하면서 범위를 넓혀 나갔다.

어떤 사람과는 형광등 이야기만 하고 끝나지만, 어떤 사람들과는 평범한 삶과 멀어진 공통의 경험에 대해, 그리고 각자가 읽고 있는 책과 가족과 정치와 생각에 대한 이야기로 발전한다. 어떤 친구는 고통과 쇠약함, 구역질에 대해, 피로와 뇌에 안개가 낀 듯한 느낌에 대해 이야기한다.

하지만 절대적인 기준에서 보면 어둠의 제약을 받지 않는 친구들은 나만큼 활동이 제한적이지는 않다. 친구들은 전화선을 통해서 나에게 삶을 잔뜩 수혈해 준다. 나는 전화를 끊을 때마다 매번 전보다 더 힘이 난다.

나의 전화 친구 이야기 I: 베로니크

베로니크는 내가 예전에 개인적으로 알았던 친구이다. 나는 베로니크가 프랑스에서 영국으로 1년 동안 공부를 하러 왔을 때 만났다. 그녀는 성적이 항상 상위를 차지했고, 대입자격시험에서 전국 최고 점수를 받았으며 프랑스의 박물관에서 일을 하려면 반드시 통과해야 하는 국가시험에서도 높은 등수를 기대하고 있었다.

어린 시절부터 여러 가지 물건에 매료되었던 베로니크는 태평양의 섬 지역 예술을 전공했다. 하지만 큐레이터가 되겠다는 꿈은 우울증이라는 오랜 저주 때문에 깨지고, 여기다 조증까지 번갈아가며 나타나기 시작했다. 마침내 베로니크는 정신병원에 익숙해졌고, 결국 양극성 질병이라는 진단을 받았다. 전화기 너머에서 베로니크가 말을 했다.

"오늘 오전에 정신과의사를 만나러 갔었어요. 그 의사를 만날 때는 진료 시간이 겨우 15분이라서 진짜 빨리 말해야 돼요. 그 사람이 내게 이상적인 의사라고 할 수는 없지만, 내가 사는 도시의 유일한 정신과의사이니 어쩔 수 없어요."

베로니크는 여러 가지 성인 강좌를 듣고 있었다. 그런데 그녀에게는 불만이 있었다. 강좌를 듣는 대부분의 사람들이 나이 많은 부인들밖에 없다는 것이었다.

"요즘은 무슨 강좌를 듣는데?"

내 물음에 그가 시큰둥한 목소리로 말을 했다.

"요즘은 도예, 크로키 같은 것들을 들어요."

"남자들이 더 좋아할 만한 걸 해봐. 하이킹은 어때?"

"하이킹 모임에도 들어갔는데, 거기도 역시 중년 부인들밖에 없었어요."

베로니크와 나는 프랑스 남자들이 도대체 뭘 할까 생각해보았다. 성인 강좌를 듣지 않는 것만은 확실하니 말이다. 결국 베로니크는 모여서 콘서트나 전시회 등에 가는 인터넷 동호회에 가입하는 것으로 문제를 해결했다.

그런 어느 날, 베로니크가 니콜라라는 젊은 남자를 만났다고 말했다. 상담사 겸 치료사인 니콜라는 인간관계 상담이 전문이었다.

"세 번째 데이트 때 말이에요. 같이 독일에 사우나를 하러 가자고 해서 따라갔었어요. 그런데 사우나 벽에 대화 금지라는 표지판이 붙어 있어서 커다란 방에서 둘이 벌거벗은 독일인들한테 둘러싸인 채 아무 말도 못했지 뭐에요. 무시무시한 경험이었어요."

"그래서…… 너도 다 벗었어?"

내가 언제 어디서든 목까지 단추를 다 채운 영국인 같은 기분으로 나지막하게 물었다.

"당연하지요. 하지만 원래 그래요. 프랑스 사우나에서도 다들 알몸이지만, 적어도 대화는 나눌 수 있는 게 달라요."

이렇게 나로선 생각지도 못한 경험담을 듣는 즐거움이 있기에 나는 베로니크에게 고맙게 생각했다.

니콜라가 둘 사이의 관계를 만들어 나가는 것보다 관계를 분석하는 것에 관심이 있다는 사실이 곧 밝혀졌다. 그는 특히 베로니크를 더 나은 여자로, 자신에게 알맞은 여자로 만드는 것에 관심이 많았다고 한다. 다른 사람을 기쁘게 하려고 열심인 베로니크조차도 니콜라가 약간 일방적이라는 사실을 깨닫고, 두 사람은 헤어지고 말았다.

나의 전화 친구 이야기 II: 토머스

톰은 IT기업의 공동 경영자였는데, 30대 후반에 나만큼 심하지는 않지만 나와 비슷한 병에 걸리고 말았다. 그는 현대적인 사무실 환경에서 더 이상 일을 할 수 없었기 때문에 집에서 할 수 있는 다른 일을 찾아야 했다.

다른 경영자들이 톰의 지분을 사들이자 톰은 그 돈의 일부로 자신과 아내, 세 아이들을 위해서 친환경 주택을 짓기로 결심했다. 다 지으면 무척 에너지 효율적이고 유지비는 월등히 낮은 집이 될 것이었다. 나는 그에게 집짓기가 어떻게 진행되고 있는지 들었다.

"어려운 건 집 전체에 최대한 공기가 통하지 않게 해서 열손실을 최소화하는 거예요. 창문의 가장자리나 벽과 바닥이 만나는 부분을 봉인할 특수 소재를 찾으려고 열심히 알아보고 있어요.

"공기가 전혀 안 통하면 환기는 어떻게 해요?"

"작은 전기 펌프가 달린 공기 흡입구가 있어요. 여름에는 들어오는 공기를 차갑게 식히고, 겨울에도 필요하면 따뜻하게 데울 수 있지요."

"펌프가 고장 나면 어떻게 해요?"

친환경을 배경으로 하는 추리 소설의 줄거리를 생각하면서 내가 묻자, 그가 뜻밖의 질문이라는 듯 잠시 멈추었다가 이런 답을 내놓았다.

"회복하려면 닷새 정도 걸리겠죠. 그렇다는 것은, 아마 죽기 전에는 알아차릴 수 있다는 뜻이에요. 그래서, 혹시나 해서 이산화탄소 모니터도 따로 설치했어요."

그 집을 한 번도 본 적이 없지만 내 마음속에서 그 집은 살아 숨 쉬는 존재, 태양을 쬐고 생명을 주는 모든 빛을 뱃속으로 빨아들이는 파충류 같은 이미지였다.

톰은 일반적인 통념을 별로 좋아하지 않았다. 뭔가에 대해 알고 싶으면 직접 인터넷을 뒤적거리며 통념 뒤에 숨은 또 다른 사실을 찾아내려고 했다. 지금 사는 집도 그런 노력 끝에 얻어낸 결과물이었다.

나는 톰의 신선한 생각에 무척 자극을 받고, 미래에 대한 톰의 낙관론에 흥분하고, 체제에서 밀려난 사람들이 스스로를 구원할 기회를 얻을 것이라는 생각에서 용기를 얻곤 했지만, 아직은 완전히 확신하지는 못했다. 나는 인간의 본성과 역사, 힘의 관계를 단번에 초월해서 완전히 새로운 방식의 삶을 말하는 것은 뭐든지 믿지 못한다.

엄마

엄마가 며칠 지내러 오셨다. 엄마가 오시는 첫 번째 신호는 택시가 우리 집 앞으로 진입하는 소리였다. 그런 다음 자동차 문이 쾅 닫히고, 가방이 부스럭거리고, 현관문을 열고 집 안으로 들어오면서 탁탁 부딪히는 소리와 쿵쿵거리는 발소리가 들렸다. 엄마가 말했다.

"집에 있지? 나오지 말고 그대로 있어, 괜히 빛 쐬지 말고."

나는 주섬주섬 옷을 입고 아래층으로 내려갔다. 엄마는 현관에서 검정색 철제 지팡이와 배낭, 숄더백, 쇼핑백을 내려놓고 보라색 외투와 옥색 모자와 스카프를 벗었다. 엄마가 가방을 뒤지며 말했다.

"이것저것 가져왔어. 기차역 앞에 있는 슈퍼마켓에서 널 주려고 노란 국화를 사왔지. 침침한 곳에서도 잘 보일 거야."

엄마가 거실로 들어오다가 커피 테이블에 부딪혀서 외마디 비명을 질렀다. 집안이 어둑하기 때문에 바깥세상에서 들어온 손님은 일시적으로 앞이 보이지 않는다.

"여기 서서 눈이 적응할 시간을 줘야겠다."

엄마가 이렇게 말하며 나에게 울퉁불퉁한 꾸러미를 건넸다. 근사한 딸기 무늬 머그잔과 설탕 절임 전문가 피트에게 줄 선물로 멋진 잼이었다.

짧은 점심 식사와 그간의 안부를 나누는 대화가 끝난 후 엄마가 피아노 앞에 앉는 순간 소음과 움직임, 쿵쾅거리며 부딪히는 소리와 감탄사가 전부 사라졌다. 마치 전기가 흐르는 전선을 건반에 연결하자 집 안의 모든 것들이 조용해진 것 같았다. 엄마는 평온하고 즐겁게 연주를 시작했다. 음악이 위층에 있는 나의 검은 방으로 올라와 방 안 가득 소리의 물결이 차오르게 만들었다.

어렸을 때 일주일에 한 번 있었던 우리의 피아노 레슨은 내가 새로운 기법을 배울 때마다 엄마와 내가 서로 삐치고 화를 내는 것으로 끝이 나곤 했다. 한동안 커다란 신문 인쇄용지에 가족들 모두가 사인펜으로 근황을 적는 '가족 신문'을 만든 적이 있는데, 엄마가 자신의 글에다 '애나가 아직도 F 장조 음계로 고전하고 있답니다'라고 써서 정말 화가 났었다.

그렇더라도 어른이 된 지금, 엄마는 나의 질병에 대해 다른 누구에게도 하지 않는 이야기를 하는 유일한 상대다. 그리고 엄마는 희귀질환에 발목이 잡혀서 옴짝달싹하지 못하는 나를 진심으로 가슴 아파하는 분이기도 하다. 이런저런 얘기 끝에 엄마가 사촌이 아기를 낳았다고 말했다. 나는 이에 쏘아붙였다.

"그게 나랑 무슨 상관이에요? 내 인생이 실패라는 사실을 상기시키는 이야기는 알고 싶지 않아요."

엄마가 이번에는 아는 사람이 피를 토해서 병원으로 달려갔다는 이야기를 해주었다. 그러나 이번에도 나는 고분고분하지 않다.

"그 사람은 최소한 병원에라도 갈 수 있잖아요."

엄마는 친구인 엘리노어 아주머니와 이야기를 나누었다고 말했다. 엘리노어 아주머니는 몇 년 동안이나 정신적인 문제를 겪었고, 지금은 혼자서 우울하게 살면서 거의 외출을 하지 않았다. 이번에도 나의 대답엔 날이 서있었다.

"그래도 창밖으로 하늘은 볼 수 있죠? 현관문을 열고 나가서 거리를 따라 걸을 수 있죠? 보고 싶을 때면 아무 때나 텔레비전을 켜고 보고 싶은 만큼 볼 수 있죠? 그러면 감사하다고 절을 하고 땅에 입을 맞춰야 해요."

"엘리노어한테 네 이야기를 하려고 했어."

나는 피트나 친구들에게는 이런 식으로 말하지 않고 엄마에게만 아주 가끔씩 이랬다. 보통 나는 다른 사람의 기쁨이나 불행에 대한 이야기를 들으면 다정한 관심이나 적당한 걱정으로 대답을 해주었다. 하지만 엄마 앞에서만은 언제나 아이가 되어 버렸다.

"너무 불공평해요."

이런 식으로 더욱 복잡한 언어로 소리를 지른다. 절박하고 억제할 수 없는 질투가 뜨겁고 비열하고 억누를 수 없이 터져 나온다.

그러다가 암울한 생각을 하며 혼자 눈물짓곤 한다. 때가 되면, 피할 수 없는 그때가 오면, 나의 원기왕성하고 부산스러운 엄마가 돌아가시면, 나는 어떻게 할까, 어떻게 할까?

사람들

또 다른 사람들이 가끔 나를 찾아왔다. 대부분은 내가 믿을 수 있는 사람, 어둠을 뚫고 나를 볼 수 있는 사람, 이 낯선 상황에 당황하지 않을 사람, 충격을 받고 놀라서 짜증 나는 말상대가 되지 않을 사람이었다. 얼리샤라는 사람이 딱 한 번 찾아온 적이 있다.

"당신이 대체 어떻게 견디고 있는지 모르겠어요, 정말 모르겠어요."

그녀는 계속해서 이렇게 말했다. 내가 어떻게 하기를 바라는 걸까? 하루 종일 소리라도 지르라는 걸까, 아니면 불굴의 의지를 보여 주기 위해 공연히 한낮의 햇볕 속에서 거리를 뛰어다닌 다음 몇 주 동안이나 타오르는 고통을 견디라는 걸까?

그것도 아니면, 혹시 이 여자는 내가 살 가치가 없으니 끝내야 한다고, 하찮고 쓰레기 같은 나라는 존재를 몇 달이고 몇 년이고 질질 끌어서 사람들을 당황시키면 안 된다는 말이 하고 싶지만 차마 하지 못하는 걸까?

하지만 대부분의 사람들은 착했다. 그 사람들을 위해 나는 쾌활함이라는 코르셋을, 그 단단하고 실용적인 옷을 입었다. 그것은 감정이 튀어 나가거나 흘러 나가지 않게 잡아 주고, 나의 마음이 일시적이나마 잠잠해지는 것을 느끼게 해주었다. 손님이 오기 전에 커피 테이블 위의 잡지를 정리하는 것처럼, 나는 사람들 덕분에 마음을 정리하고 그러고 나면 엔트로피가 다시 효력을 발휘하기 전까지 한동안은 평화가 유지되었다.

사람들은 나의 진짜 모습을, 내 마음의 구부러진 부분을, 내 정신의 굴곡을 깨우쳐 주었다. 내가 비록 그림자 속에서 망령처럼 움직이고 있지만 나에게 실체가 있다는 사실을, 그리고 어둠 속에서 살기 전의 세월이 풍성한 퇴적층을 만들어 놓았으며 그것이 아직 다 쓸려 가지 않았음을 깨우쳐주었다.

하지만 사람들이 별로 없었다. 공평하게 말하자면, 나 자신에게도 친구들에게도 이토록 어려운 상황을 만든 장본인은 바로 나였다. 내가 런던에서 이칭포드로 이사하면서 친구들과의 사이에 지리적, 경제적, 심리적 장벽을 세웠고, 경험이 달라지고 공통점이 사라진다는 더욱 미묘한 장벽도 있었다.

자동차 없이 우리 집에 오려면 기차를 최소 한두 번 갈아타고 와서 기차역에서도 자동차로 20분, 또는 여러 곳을 한참 둘러오는 버스를 타야 했다. 자동차를 가지고 오면 고속도로를 이용해야 하는데, 얼마나 걸리는지는 교통 상황에 따라 다르다는 문제가 있었다.

아무튼 나에게는 얼굴을 맞대고 수다를 떨며 교감을 나눌 친구가 없다. 피트는 자기 친구들에게 우리의 상황에 대해 대략적으로만 이야기하고 구체적인 부분은 얼버무리는 것 같았다. 그는 천성적으로 사적인 문제에 대해 말을 하지 않지 않기 때문에 다른 사람에게 개인적인 삶을 노출할 일이 없었다.

내게는 런던에 있을 때 한때 절친하게 지냈던 조너선이라는 친구가 있었다. 그는 내가 런던에 살 때 가장 자주 만나서 시간을 함께 보내던 친구였다. 8년 동안 우리는 퇴근 후에 만나서 연극이나 콘서트를 보러 가거나, 아니면 우리가 좋아하는 터키 식당에서 저녁을 먹곤 하던 사이였다.

그렇게 사이좋게 지내는 동안 우정은 눈에 띄지 않는 작은 씨앗처럼 저절로 자리를 잡고 시간이 지나면서 두꺼운 뿌리를 내려서 우리의 심장을 감쌌다.

그러나 지금은 내가 너무 멀리 와 있어 우리가 나누었던 우정마저 시들어 버렸다. 물론 조너선도 처음엔 이칭포드에 한번 와보겠다고 약속하고, 이따금 전화도 해주곤 했지만 이제는 완전히 소식이 끊겼다.

그러나 어디 단절되어 버린 사람이 조너선 하나뿐이랴. 나에게서 떠나간 것들은 또 얼마나 많은가? 너무나 많은 것들이 내게서 멀어졌고, 떠나간 것들은 다시는 내게 돌아오지 않았으며 떠난 것들을 대신해서 내 삶을 채운 것도 그리 많지 않았다.

뜨개질

나는 어둠 속에서 할 만한 새로운 일이 없을까 항상 생각했다. 텅 빈 어둠 속에서 시간을 채울 뭔가를 간절히 원하는 내 마음은, 혹시라도 쓸 만한 게 나올지도 모른다는 생각에 내 경험의 밭을 이리저리 파보고, 내가 지금까지 했던 모든 일을 뒤적이곤 했다.

내 손으로 뭔가를, 반복적이지만 만족스러운 일을 제대로 하려면 처음에는 눈으로 봐야 하지만 조금 지나면 무의식적으로 계속할 수 있는 일을 했던 기억이 났다. 바늘 두 개를 잡고 끝부분에 실을 감고 한쪽 바늘을 아래쪽으로 약간 내려 고리를 옆 바늘로 옮기던 기억이 말이다.

어렸을 때 나는 그리 꼼꼼하지 않아서 손재주가 필요한 일을 제대로 못했지만 뜨개질만큼은 확실히 좋아서 2년에 걸쳐서 줄무늬 점퍼를 힘들게 짠 적도 있었다. 어쩌면 뜨개질이 나의 이 쓸모없는 삶을 정당화시키지 않을까?

나는 조카들을 위해 열심히 옷을 뜨는 친구 제인에게 내 생각을 말해 보았다. 제인이 커다란 바늘 한 쌍과 두껍고 밝은 옥색 털실을 가방에 하나 가득 가지고 와서 어두한 아래층에서, 세밀한 부분을 보여줄 때는 부엌의 불빛에 의지해 가며, 뜨개질을 다시 가르쳐 주었다.

복잡한 무늬 없이 겉뜨기 두 코, 안뜨기 두 코를 반복하는 고무뜨기로 단순한 목도리를 짜는 게 나의 계획이었다. 나는 방바닥에 다리를 꼬고 앉아서 침대에 등을 기대었다. 당연히 처음엔 잘되지 않았다. 그래도 나는 이렇게 혼잣말을 했다.

"뭐 어때, 완벽할 필요 없잖아. 연습하다 보면 좋아지겠지."

그 뒤 며칠 동안 열심히 집중하여 얼마간 더 뜨개질을 했다. 그러다가 끔찍할 만큼 엉망진창인 결과물을 보고 있으려니 서서히 이런 생각이 들었다. 누가 이 목도리를 할까, 내가 대체 왜 이걸 하고 있을까, 더 좋은 목도리를 쉽게 살 수 있는데 이게 뭐하는 짓일까?

나는 그길로 털실을 감아 바늘을 꽂고 뜨개질감을 비닐봉지에 넣은 다음 옷장 꼭대기에 올려서 어둠 속에서도 완전히 치워버렸다. 그렇지 않아도 속상한 일이 많은 판에 내 능력 밖의 일 때문에 마음을 다치고 싶지 않았다.

꿈 IV

내가 반복해서 꾸는 꿈이 있었다.

꿈속에서 나는 밤에 잠에서 깬다. 지진이거나 거친 폭풍이 한바탕 거칠게 몰아치다가 지나간 후다. 그래서인지 내 침대 옆 벽에 크고 울퉁불퉁한 구멍이 생겼다. 침대는 말도 안 되는 각도로 기울어져 있고, 머리 쪽이 구멍 밖 바깥세상으로 비어져 나와 아래쪽으로 기울어져 있다. 빗방울이 얼굴에 떨어지고, 그다음엔 베개와 침대보를 적신다. 밤바람이 내 머리카락을 어루만지고 빗방울이 피부를 때린다…….

이 부분에서 나는 깜짝 놀라 정말로 잠에서 깼다. 그리고 생각했다. 세상에, 내가 뭘 하고 있는 거지? 침실 벽에 구멍이 났는데 가만히 누워서 거리의 불빛에 피부를 노출시키다니. 미친 게 틀림없어. 나는 손을 뻗어 벽에 구멍이 없는지 살폈지만 손바닥에 만져지는 것은 페인트칠을 한 멀쩡한 회벽과 매끈하고 평범하고 축축하지도 않은 벽밖에 없었다.

어쩌다 이렇게 되었을까? 나는 상자 같은 방에 갇힐 때까지 지난 몇 달간의 시간을 떠올리면서 내가 살아낸, 끔찍하게도 점점 속력을 높이며 몽롱하게 지나간 사건들을 정리해 보려고 애를 썼다. 이제는 평온하게 그때를 기억할 수 있었다. 내게는 시간이 있었다. 아, 나는 시간이 정말 많았다.

2006년 4월

나는 머리끝부터 발끝까지 두꺼운 검정 펠트를 두르고 위쪽 팔 일부만 드러낸 채 침대에 누워 있었다. 작은 태양처럼 크고 따뜻한 램프가 노출된 피부에 다양한 주파수의 빛을 내리쬐고 있었다.

"이런 식의 광원 검사는 다 하는 거예요. 의례적인 거예요."

검사가 끝나자 직원이 말을 했다. 그녀가 나를 부축해서 앉힌 다음 이번에는 등을 드러내게 하고 검정색 사인펜으로 격자로 된 판을 그렸다. 그녀는 더 작고 집중적인 장치를 이용해서 각각의 칸에 특정한 주파수의 빛을 쪼였다. 뭘 하고 있는지 거울을 통해서 다 보였다. 초록색, 파란색, 주황색, 빨간색 빛을 쪼이고 있는 것이었다.

"결과는 내일 의사 선생님과 이야기하시면 돼요."

검사원이 말했다. 나는 집으로 가기 위해 옷을 입고 모자와 마스크를 뒤집어썼다.

오실롯 박사는 아주 전형적인 타입의 의사였다. 큰 키에 균형 잡힌 몸매, 뚜렷한 이목구비와 꿰뚫어 보는 듯한 눈을 가진 그는 기업의 간부 같은 은빛의 머리칼이 인상적이었다. 오실롯 박사가 책상 위 서류를 넘기며 느릿느릿 말을 했다.

"환자분의 결과에 따르면 말입니다. 광선과민증의 일반적인 원인인 루푸스lupus나 포르피린증porphyria, 색소피부건조증은 아니에요. 증상을 다시 설명해 주시겠습니까?"

나는 처음엔 얼굴이 컴퓨터 화면에 반응하다가 형광등에 반응하고, 이제는 햇볕에 노출되어도 문제가 생기게 되었다고 설명했다. 그리고 내 모자와 마스크를 벗어 그에게 보여 주었다.

"증상이 정확히 어떻지요?"

내가 타는 듯한 느낌을 설명하고 붉게 변한 부분을 보여 주자, 의사가 이해할 수 없다는 듯이 머리를 갸웃거리며 물었다.

"타는 듯한 느낌이 정확히 무슨 뜻이죠?"

나의 인내심이 천천히 바닥을 드러내기 시작했다. 왜 의사들은 항상 불신이 먼저일까? 내가 그리 대단하지도 않은 불편함 때문에 생고생을 하며 여기까지 왔다고 생각하는 걸까? 아니면 시선을 끌고 싶어서 독특한 복장을 하고 병원까지 왔다고 여기는 걸까? 내가 말을 했다.

"누가 내 얼굴에 용접기를 대고 있는 느낌이에요."

그제야 의사가 알아들었다. 충격으로 인한 침묵이 흘러 잠시 틈이 생겼다. 그 이미지가 전문가와 일반인 사이의 장벽을 뚫고서 내가 어떤 느낌인지 한순간이나마 그들도 느끼게 해준 것 같았다. 오실롯 박사가 의자에 몸을 기대고 양손을 모아 손가락을 뾰족하게 세우더니 천장을 바라본다.

"가끔 이런 사례가 있습니다. 진단명은 광선과 컴퓨터에 의해 악화되는 지루성 피부염입니다. 원인은 명확하지가 않아요. 혈류를 줄이는 베타 차단제와 스테로이드 크림, 항진균성 세정제를 처방해 드리겠습니다. 6주에서 8주 뒤에 다시 오세요. 하지만 제가 진료를 하지는 못할 겁니다. 미국으로 가게 되었거든요. 제 동료인 스크리브너 박사가 진료할 텐데, 어제 잠깐 만나셨죠?"

그의 말대로 어제 만났다. 스크리브너 박사는 훨씬 더 젊고, 날씬하고 깔끔하고, 머리숱이 적었다. 분홍색과 흰색이 섞인 부드러운 얼굴빛은 무척 친절하고 진심으로 걱정하는 것처럼 보였다. 나는 입꼬리가 올라가려는 것을 억지로 참았다. 잠시 후 나는 알약과 연고가 가득 담긴 묵직한 종이 가방 몇 개를 들고 약국을 나섰다.

2006년 5월

나는 항진균성 세정제로 씻고, 스테로이드 크림을 바르고, 알약을 먹었다. 얼굴이 조금 좋아진 느낌이 들었다. 거친 느낌과 쓰라림이 줄어들고 반응이 잠잠해지며 홍조도 희미해진 것 같았다.

며칠 뒤 팔과 다리가 약간 부어오르는 느낌이 나는데, 가벼운 알레르기 반응이라고 생각했다. 나는 별것 아니라고 넘겼다. 중요한 것은 얼굴이 좋아지고 있다는 점이었다. 나는 연고를 계속 발랐다.

5월 초, 나는 피아노 교습 수업에 참석하려고 런던행 기차를 탔다. 창가 좌석에 앉아서 손바닥을 위로 향하여 테이블에 맨팔을 뻗었다. 팔을 내놓은 것은 초여름처럼 날이 갑자기 따뜻해지고 해가 나서 소매가 팔꿈치까지밖에 오지 않는 윗옷을 입었기 때문이었다.

그런데 그 순간, 팔이 누가 사포로 문지르는 것처럼 따끔거렸다. 얼른 팔을 내려다보았는데, 이상한 점은 별로 보이지 않았다. 재빨리 팔을 테이블 밑으로 내렸지만 그 느낌은 사라지지 않았다. 그날 밤 일과를 마치고 집으로 돌아온 후에도 이상한 느낌은 지속되었다. 지금까지 겪어 보지 못한 느낌이었다. 이게 대체 무엇일까?

며칠 뒤 나는 피트가 운전하는 자동차 조수석에 앉아 있었다. 햇볕이 내리쬐는 날, 정오에 가까운 시간이었다. 자동차 앞유리로 태양이 비스듬히 비쳤다. 나는 얇은 코르덴바지를 입고 있었는데, 허벅지에 따끔거리고 타는 듯한 느낌이 나기 시작하더니 하루 종일 계속되었다.

5월 중순, 저녁 달리기 중이었다. 위로는 검푸른 색깔의 텅 빈 하늘, 발밑에서 느껴지는 따뜻한 회색 포장도로, 네모난 벽돌집들을 반짝반짝 비추는 흐릿한 금색 빛, 하얀 꽃들의 뒤섞인 향기. 정겨운 풍경을 바라보며 달리기를 하던 중에 갑자기 온몸이 이상하게 뜨거워지면서 식은땀이 흐르기 시작했다.

당황한 나는 보도에 멈춰 섰다. 몸속에서 뭔가가 피부를 뚫고 나오려고 하는 것 같은데, 어느 한 군데가 아니라 온몸에서 그런 느낌이 났다. 나는 뒤로 돌아 제일 짧은 길을 택해서 집으로 달려갔다. 그날 밤 온몸이 몇 시간 동안이나 간지럽다가 아주 차가워졌다.

나는 아직도 연결 지어 생각하지 않는다. 나는 얼굴에만 집중한다. 빛이 영향을 미치는 것은 분명 전신이 아니라 얼굴이고, 얼굴은 훨씬 나아졌다. 그리고 얼굴과 달리 몸에서는 아무 흔적도 눈에 보이지 않는다. 홍조도 없고 거칠어지지도 않았다. 겉으로는 멀쩡하다. 나는 분명 일종의 알레르기일 거라고 결론을 내리고 내가 뭘 먹었는지, 아니면 피부에 뭘 발랐는지 되짚어 보았다.

그런 다음 나는 전문의의 소개를 받아 알레르기 클리닉에 진료를 예약했다. 어느 일요일 아침, 햇빛 가득한 목욕탕에서 몸을 푹 적시며 목욕을 하고 난 나는, 그 뒤로 몇 시간 동안이나 타는 듯한 느낌에 시달리게 되었다.

나는 피아노 교습 강좌의 후반 수업을 놓치고 말았다. 느낌이 너무 이상해서 시내까지 가는 여정을 견디기 힘들 때가 많아졌다. 그런 와중에 협회에서 내가 그동안 교습해온 과정에 대해 심층 에세이를 쓰면 자격증을 주겠다고 제안했고 나는 그렇게 하기로 했다.

5월 말쯤 피트가 회의 때문에 출장을 가게 되었다. 그는 출장을 가기 전에 컴퓨터에서 우리가 디자인한 청첩장과 주소 라벨, 안내문을 출력했다. 피트가 없는 사이에 청첩장을 다 부치는 것은 내 몫이었다.

어느 날 나는 점심 식사 후에 남쪽으로 난 유리문 옆에 놓인 식탁에서 매트를 다 걷어 내고, 위층 컴퓨터실에서 각종 더미를 가지고 내려와 작업에 착수했다. 우선 봉투에 라벨을 하나씩 붙였다. 그런 다음 봉투를 차례차례 보면서 초대장에 이름을 쓰고, 안내문을 접어서 둘 다 봉투 안에 넣었다.

그러는 동안 피부가 따끔하며 화끈거리기 시작했다.

손을 뻗어서, 쓰고, 접는다.

손을 뻗어서, 쓰고, 접는다.

화끈거린다…….

그러는 동안에도 깔끔하고 하얀 직사각형 봉투들이 내 주변에 쌓여 있다가 식탁 한쪽 끝을 덮고, 의자로 내려가고, 디딤돌처럼 카펫에 펼쳐졌다.

손을 뻗어서, 쓰고, 접는다.

화끈거린다…….

내가 하고 있는 작업의 희망과 절망이 나를 압도했다. 내가 봉투에 하나하나 넣고 있는 즐거운 초대장과 내 피부에서 날뛰는 이 무작위적이고 알 수 없는 증상, 점점 더 빈번해지고 점점 더 고통스러워지는 증상은 너무나 대조적이었다. 내 증상 때문에 결혼식을 실제로 치를 가능성이 한없이 줄어들고, 줄어들고, 줄어들고 있었다.

나는 양손에 얼굴을 묻고 식탁 위로 쓰러져 그 어느 때보다도 심하게 울기 시작했다. 발작이 너무 심한 나머지 몸을 뒤틀다가 의자에서 떨어진 나는 봉투더미 위에서 바닥을 구르며 비명을 지르고, 몸부림을 치고, 눈물로 봉투를 적셨다. 몸이 절반으로 찢어지는 느낌이었다. 이토록 강렬하게 영혼이 찢어지는 느낌은 처음이었다.

실컷 울고 나니 마음이 조금 가라앉았다. 어딘가에서 들었는데, 울고 나면 무슨 화학물질이 분비되어 상황은 아무것도 바뀐 게 없어도 기분이 정상으로 돌아간다고 한다. 나는 억지로 일어나 앉아서 엉망이 된 머리카락을 넘겼다. 그런 다음 식탁 위의 각종 더미를 보고 절반 정도는 끝난 것 같다고 짐작했다.

나는 피곤한 몸으로 다시 자리에 앉았다. '아무것도 느끼지 마.' 내가 스스로에게 명령했다. 어쨌거나, 이까짓 게 뭐라고, 봉투를 채우는 건 흔한 행정 업무잖아?

며칠 후 내가 북향의 빈방에서 맨발로 침대에 드러누워 책을 읽고 있을 때, 드디어 태양이 나에게 자비를 베푼다. 해가 여름에 해가 지는 북서쪽으로 지고 있었다. 해가 하늘을 천천히 내려와 내가 있는 방 창문을 정통으로 비추는 위치에 소리 없이 자리를 잡고 조심스럽게 공격을 준비했다.

그러다 햇빛이 레이저처럼 힘차고 강렬하게 방으로 쏟아지자 발에 불이 붙는 느낌이었다. 몇 초 뒤 내 머릿속에, 성 바오로의 눈을 멀게 한 빛처럼, 소름 끼치는 깨달음이 떠올랐다. 마침내 반박할 수 없는 엄연한 진실이 의심의 여지없이 드러났다. 나에게 원인이 있고, 결과도 있다. 그건 누구도 부인하지 못할 진실이었다.

한동안 나는 태양의 발톱에 사로잡혀 꼼짝도 못하고 누워 있었다. 방은 복숭앗빛이 도는 금색으로 흠뻑 물들고, 침구와 책장은 이상하리만치 아름다웠다. 나는 햇볕을 가리려고도 하지 않았다. 발이 불타오르는 걸 느껴야 했다. 그걸 계속 느껴야 이것이 현실임을, 세상이 뒤집혀서 더 편한 길을 내주지 않으리라는 사실을 온몸으로 이해할 수 있었다.

계단을 올라오는 발소리가 들렸다.

"피트."

내 목소리가 갈라져서 나왔다.

"괜찮아?"

그가 방으로 들어와 침대에 앉으며 물었다. 나는 피트에게 몸을 던지고, 그의 가슴에 얼굴을 묻었다.

"뭔지 알았어. 알아냈어. 피트, 모두 빛 때문이야."

"무슨 얘기지?"

"어떻게 된 건지 모르지만 아무튼 뒤바뀌었어. 얼굴은 나아졌어, 그런데 다른 부분으로 다 퍼졌어. 피트, 난 이제 어떻게 하지?"

"애나."

그가 나를 세게 끌어안으며 말한다.

"우리 불쌍한 애나……. 그래도 이제 알게 됐잖아. 발전한 거야. 커튼을 치는 게 좋겠지?"

나는 의기소침한 목소리로 대답했다.

"어…… 그래, 그래야겠지."

일식

딱 한 번 개기일식을 본 적이 있다. 1999년 8월 11일이었다. 그 순간 하늘이 흐리지만 않으면 잉글랜드 남서부와 프랑스 북부의 일부 지역에서 일식을 볼 수 있었다.

내 친구 하나가 왕립천문학회에 아는 사람이 있었다. 학회에서는 일식을 관찰하는 특별 여행을 준비했는데 회원과 가족, 그리고 주변 사람들이 참가할 수 있었다.

우리 일행은 주변 사람이라는 자격으로 따라갔다. 우리는 프랑스 노르망디 지방에서 서쪽으로 50킬로미터 정도 떨어진 곳에 있는 건지Guernsey까지 비행기를 타고 가서 공항 근처의 호텔에서 3박을 묵었다. 비행기가 이륙하거나 착륙하는 소리가 이른 아침부터 시작해서 밤늦게까지 계속되었다.

일식이 있는 날 아침, 우리는 날이 밝기 한참 전에 일어나서 버스를 타고 항구로 갔는데 커다란 흰색 배가 선창 위로 희미하게 보였다. 여러 명의 천문학자들이 망원경과 사진 장비를 들고 배에 타고 있었다. 게다가 아이들이 무척 신이 나서 갑판을 뛰어다니는 바람에 제법 시끌벅적했다.

파도가 일렁이는 바다로 조심스럽게 나간 배가 올더니 섬으로 향했다. 그 섬은 건지에서 북동쪽으로 약 32킬로미터 떨어진, 프랑스에서 그리 멀지 않은 지점에 홀로 떠 있었다.

여행을 시작할 때 하늘은 구름 한 점 없이 푸르렀기 때문에 누구보다도 천문학자들은 잔뜩 들떠 있었다. 하지만 막상 올더니 섬에 도착하자 음산한 회색 구름 장막이 섬 위에 자리를 잡았기 때문에 사람들은 달이 태양의 가장자리에 처음 닿는 오전 10시 12분 전에 날이 갤 것인지에 대해 두런두런 이야기를 나누었다.

여러 대의 버스가 부두에서 우리를 기다리고 있었다. 버스는 바다 위 절벽의 버려진 성채에 우리를 데려다주었다. 울퉁불퉁한 돌벽이 거대한 원을 그리고 있는 곳이었다. 안내판에 따르면 2차 세계대전 당시 독일군이 점령하여 사용한 곳이라고 한다. 돌벽으로 둘러싸인 평평하고 넓은 땅은 온통 잡초로 뒤덮여 있었다.

천문학자들이 길쭉한 검정색 장비를 들고 점령군처럼 성채로 모여들어서 좋은 자리를 찾은 다음 하늘을 향해 망원경을 신중하게 설치했다. 높은 회색 구름이 얼룩덜룩해지며 움직이기 시작하더니 아까보다 흐트러졌다.

그때 일식이 임박해서 달이 태양의 가장자리를 갉아먹기 시작했다. 나는 일식 관찰용 안경을 통해 작은 검정색 얼룩과 자그마한 검은 구멍을 보았다. 달이 태양 위로 미끄러지는 동안 음울한 금빛이 성채를 비추었다. 태양이 머리 위 높이 뜬 오전 11시에, 갑자기 저녁이 찾아온 것 같았다.

나는 다시 안경을 통해 이글이글 불타는 항아리를 검정색 뚜껑이 무자비하게 덮는 광경을 보았다. 하늘이 어두워지자 나는 반반하고 넓은 돌 위에 불안하게 균형을 잡고 서서 바다 위에서 우리를 향해 급속도로 달려오는 달의 그림자를 보았다.

나는 무시무시하게 다가오던 그 속도를 절대 잊지 못할 것이다. 그림자가 파도 위로 내달리면서 공기를 전부 빨아들인 것처럼 숨이 막혔다. 우리는 지구가 자전하는 진짜 속도를, 우리 발밑에서 일어나는 그 거대하고 영구적인 회전을 엿보고 있었다.

이제 태양 측면에서 마지막 불길이 치솟고 나머지 부분은 희미한 윤곽만 남는 단계만 남았다. 천문학자들은 이를 '다이아몬드 반지'라는 단계라고 불렀다.

마침내 그 마지막 빛의 거품마저 꺼졌다. 밤이 내렸다. 그렇게 2분 정도가 지나고, 항아리 뚜껑이 다시 서서히 열렸다. 이번에는 반대편에 보석이 나타나 다이아몬드 반지가 되었고, 그런 다음 신비롭고 이 세상 것 같지 않은 금빛이 번쩍였다.

이제 그것은 죽어 가는 태양이 아니라 부활하는 태양이었다. 점심때쯤 되자 성채를 가득 채운 환희만을 남긴 채 모든 것이 정상으로 돌아왔다. 우리는 기억에 남을 사건을 같이 겪었기에 서로를 보며 미소 지었다. 우주의 시간으로 치면 찰나에 지나지 않지만 우리는 우주의 맥박에 손가락을 대고 그 박동을 느꼈다.

2006년 6월

한여름이 매일 아가리를 더 크게 벌리고 이를 드러내기 때문에 나는 집 밖으로 나가지 않았다. 지구가 제자리에서 한 바퀴 돌 때마다 태양은 더 이른 아침에 튀어나와 더 높이 떠오르고 점점 줄어드는 밤 주변에서 더 오래 머뭇거렸다.

처음에는 커튼을 절반만 쳐도 되었지만, 나중에는 완전히 칠 수밖에 없다. 처음에는 직사광선만 피했지만 나중에는 태양이 우리 집의 다른 부분을 바삐게 돌아다니는 동안 번득이는 낮의 기운까지 피하게 되었다.

피트가 나 대신 인터넷을 검색한다. 그는 광선과민증 환자를 위한 지원 단체를 발견했는데, '루푸스 UK'라는 자선단체 소속이지만, 루푸스병 말고도 다른 원인 때문에 광선과민증을 앓는 사람들도 지원했다.

루푸스병은 전신홍반성 낭창이라고 불리는 자가면역 질환으로, 얼굴에 나비 모양의 홍반이 동반되는 병이어서 내가 앓고 있는 광선과민증과 흡사한 증상을 보인다.

이 단체의 이름은 이클립스eclipse, 즉 일식이었다. 이클립스의 웹사이트에 광선과민증에 도움이 되는 제품 목록이 나와 있었다. 제일 중요한 것은 자외선을 차단하는 의류나 기구로, 나와 피트는 이런 제품들을 구입하는 데 돈을 아끼지 않기로 했다.

피트는 어느 날 오전 내내 집 안의 거의 모든 창문에 필름을 붙였다. 필름이 주파수가 가장 높고 위험한 자외선을 차단한다는 정보를 얻었기 때문이다. 그리고 나는 전문기업에 자외선 차단 의류를 주문했다. 나일론과 라이크라를 빽빽하게 짠 옷인데, 그렇게 예쁘지는 않지만 신축성이 약간 있어서 입기는 편했다. 나는 또 옅은 파란색의 헐렁한 바지와 모자가 달린 윗옷, 그리고 회색 양말을 샀다.

며칠 동안 나는 새로운 포장 안에서 안도감을 느낀다. 안정적인 상태를 찾은 것 같았고, 정해진 영역 안에서만 지내면 피부가 불타오르지 않을 것 같았다. 나는 마음을 놓고 쾌활해져서 새 옷에 대한 농담까지 한다.

하지만 안정은 환상이었다. 곧 광선과민증이 다시 쳐들어왔기 때문이다. 그것은 마치 절벽에서 천천히 미끄러져 떨어지는 것과 같았다. 그럴 때마다 나는 매번 자세는 우스꽝스러울지 몰라도 적어도 더 이상 미끄러지지는 않을 곳에 있으려고 발버둥을 쳤다. 하지만 매번, 항상, 바위는 무너지고 내가 움켜쥐고 있는 절벽의 관목은 뿌리째 뽑히고 말았다.

나는 몰입할 수 있는 두꺼운 책에 빠져서 나 자신을 잊어보기로 했다. 피트의 책장에서 제인 오스틴의 모든 작품을 한 권에 담은 빨간색 가죽 장정 책을 발견했다. 나는 커튼을 살짝 열고 거실 탁자 앞에 앉아 제인 오스틴의 《이성과 감성》을 읽기 시작했지만, 자세가 점점 이상해지는 걸 느꼈다. 며칠 뒤에 보니, 나는 벽과 안락의자 사이에 숨어서 바닥에 웅크린 채로 희미하게 보이는 글씨를 열심히 보고 있다.

한창 이렇게 지내던 중에 진료일이 다가왔다. 런던에 가는 것은 고사하고 이 집에서 나간다는 것 자체가 말도 안 되는 상황이었다. 지난번에 예약한 광생물학 클리닉에 전화를 걸어 직원에게 상황을 설명했더니, 그녀가 말했다.

"네, 그럼 취소해 드릴게요. 좀 나아지시면 연락해 주세요."

정말 그런 날이 올까? 그녀의 말은 친절했지만 내 앞에 펼쳐진 미래는 너무 어둡기만 했다.

소실점

주변 사람들이 온라인으로 뭔가 도움이 될 만한 것을 계속 찾아 주고 있다. 내 친구들, 피트의 친구들, 절망에 빠진 엄마에게서 내 이야기를 들은 엄마의 친구들이 책자들을 소포로 보낸다. 책 속엔 광선과민증에 대한 정보가 수없이 많지만 내 경우처럼 심하고 드문 증세에 대한 해결책은 없었다.

그러던 중 갑자기 두 가지 새로운 소식이 도착했다. 하나는 나와 비슷한 스웨덴 환자의 사례에 대한 과학 논문이고, 다른 하나는 다른 지원 단체를 통해서 받았는데 영국에 사는, 현재 살아 있는 사람의 연락처이다.

나와 비슷한 증상의 다른 사람이라니! 그의 이름은 제이크로, 맨체스터에 살고 있었다. 현재 30대인 그는 모든 형태의 빛에 고통스러울 정도로 과민한 반응을 보인다고 했다. 나는 그의 여자 친구와 통화를 했다.

"제이크가 깨달은 사실이 있는데, 빛을 완전히 차단한 방에서 시간을 좀 보내면 피부가 어느 정도 회복해서 방 밖으로 나와도 제한된 빛을 한동안 견딜 수 있대요."

이 말을 듣고, 그럴듯하다고 생각했다. 오락가락하긴 했지만 나도 이미 비슷한 결론을 향해 더듬더듬 나아가고 있었기 때문이다. 매일 오전 4시부터 햇빛에 시달리는 나는 평범한 커튼이 빛을 효과적으로 차단하지 못한다는 사실을 알게 되었다.

이제 나는 무엇이 필요한지 확실히 알고, 그래서인지 내 피부가 예전처럼 과민하게 반응하지 않는다는 것도 알게 되었다. 나는 어둠을 갈망했다. 사막에서 죽어 가는 여행자가 물의 반짝임을 간절히 찾듯이, 나는 아주 약간의 빛도 없는 공간이 내 눈앞에 나타나기를 간절히 바라며 살고 있다.

물론 쉽게 얻을 수는 없었다. 자재와 설비를 구해야 하고, 모든 것을 설치한 다음에도 호일의 도움을 받아야 했다. 나는 모든 일을 마치고는 지쳐서 침대 위에 드러누웠다. 실제로는 내 삶에서 빛을 잘라낸 것뿐이지만 팔을 잘라내는 것처럼 소름 끼치고, 복잡하고, 무시무시하고, 잊을 수 없는 충격을 남긴, 그러나 반드시 필요한 일이었다.

나는 나를 둘러싼 어둠 속에서 카펫과 벽, 커튼, 책장이 눈에 보이지 않는 칠흑 어둠 속을 헤엄쳤다. 아무 생각도 할 수 없었다. 오직 내가 소실점에 다다랐다는 느낌뿐.

어느 날은 한참 동안 어둠 속을 헤매다 정신을 차려보니 아래층에서 이상한 소리가 들렸다. 야유하고 고함을 치는 소리, 그리고 해설이 커지고, 커지다가 잦아들었다. 피트가 갑자기 소리친다.

"오! 아…… 됐어!"

2006년 독일월드컵이었다.

누군가 골을 넣은 모양이었다.

자율성

내가 이전의 삶에서 바꾸고 싶었던 것이 몇 가지 있다. 좀 더 조직적으로 일하고, 정시에 퇴근해서 저녁에 정기적으로 뭔가를 할 수 있었으면 했다. 프레젠테이션을 더 자신 있게 하고 싶고, 더 큰 목소리로 말하고 싶었다. 피트가 무척 자랑스러워하지만 내가 보기에는 독선적이고 차가운 그의 친구와 더 잘 지내고 싶었다.

나는 시간과 노력, 그리고 의지를 투자하면 이 모든 것이, 완전히 바뀌지 않더라도 최소한 어느 정도 나아질 것이라고 기대할 수 있었다. 하지만 질병은 무심하고 잔인하게도 인간 의지의 한계를 일깨웠다.

나는 어떤 단계로 후퇴할 때마다, 무시무시한 다음 단계의 기미를 처음 느낄 때마다 '그렇게 되게 놔두지 않을 거야!'라고 스스로에게 되뇌어 말하곤 했다. 하지만 결국은 그렇게 되어 버렸다.

내 몸속에서 무슨 일이 일어나고 있었다. 내 몸 안에 배신자가 있었다. 외부 세력이 소리 없이 기어 들어와 충성스러운 방어자들을 제압하고, 중요한 위치를 다 점령해 버렸다. 내 의지는 작은 탑에 갇혀서 힘없이 배회하며 점령당한 자신의 땅을 망연히 바라보았다.

내가 어쩌다가 이렇게 되었을까? 한 단계 떨어질 때마다 그 다음 단계의 가능성에 대해 더 잘 알았다면, 그랬더라면 신중함과 효율성을 다해서, 모든 창의력과 지능과 꾀를 전부 쏟아부어서 내가 가진 것을 지켰을 텐데.

하지만 한 단계 한 단계 떨어질 때마다 나는 늘 너무도 특이한 경우였고, 누구도 경고해 주지 않았으며, 갈때기처럼 점점 더 좁아지는 관을 통해 다음 전문가에게로, 또 다음 전문가에게로 넘겨지다가 소실점에 다다랐다.

나는 우발적이고 사소한 선택들의 연쇄작용으로 여기까지 온 것일까, 각 단계에서 조금만 다르게 행동했더라면 결과가 바뀌었을까? 아니면 내 별자리에, 혹은 내 유전자에, 혹은 내 영혼에 이미 새겨져 있었기 때문에 내가 어떻게 했든 상관없이 이렇게 되는 게 이미 정해진 운명이었을까?

편지 I

"결혼식을 어떻게 할지 이제 결정해야 돼. 그래야 마음이 편해지지."

어느 날, 피트가 말했다. 뭐라고? 아, 맞다. 결혼식……. 지난 몇 주간 생존 투쟁이 머릿속을 지배했기 때문에 나는 결혼식을 까맣게 잊고 있었다. 하지만 정말로 취소하겠다고 결정하는 것은, 정말 당연히 그래야 하는 일이지만, 여전히 가슴이 아팠다. 다시 한 번 봉투에 편지를 넣지만, 이번에는 딱 한 장씩이었다. 피트가 거의 다 했다.

……지난 몇 주 사이에 애나의 건강이 몹시 악화되어 빛

에 극도로 민감해졌습니다. 그래서 저희는 어쩔 수 없이 결혼식을 연기하기로 결정했습니다. 저희의 결혼 선물을 대신하여 자선기금에 기부해 주신 모든 분들께 진심으로 감사드립니다. 9월 9일 결혼식 때문에 이미 교통편과 숙박시설을 예약하신 모든 분들께는 사과의 말씀을 올립니다. 언젠가 결혼식을 올릴 수 있기를 바라며, 그때 여러분을 뵙도록 하겠습니다…….

2006년 7월 14일.

편지 II

……제가 4월에 오실롯 선생님께 처음 진료를 받았을 때는 안면 피부의 일부만이 광선과민증이었습니다. 그런데 이제는 온몸이 반응하는 것 같습니다……. 상태가 심각해서 런던의 병원까지 갈 수 없는 환자를 위한 방안은 무엇이 있을까요? 앞으로 어떻게 해야 할지 잘 몰라 도움을 받고 싶습니다…….

……상태가 그 정도로 악화되셨다니 무척 유감입니다. 환자분의 질병은 정말 다루기 어려워서, 그런 상황에 처하셨다니 정말 안타깝습니다. 환자가 그러한 이유로 병원까지 올 수 없을 때

에는 지역의 보건의가 다시 환자를 맡게 됩니다…….

……지난 목요일에 전화를 주셔서 감사합니다. 광선과민증 사례의 90퍼센트는 특정한 임상 증상과 관련이 있지만 10퍼센트는 현재의 지식으로는 알 수 없다고 설명하셨지요. 전화로 말씀드린 것처럼 제 약혼자가 인터넷에서 찾은, 저와 정확히 똑같은 광선과민증 사례에 대한 논문을 보내 드립니다. 공통 증상은 다음과 같습니다.

1. 초기 증상은 '모니터 피부염', 즉 영상표시장치를 사용할 때 나타나는 얼굴의 발작과 타는 듯한 느낌.
2. 강렬하지만 무리가 없을 정도의 짧은 노출(나의 경우 환한 5월 저녁에 평소보다 일찍 달리기를 한 것) 이후 광선과민증이 전신에 나타난다.
3. 전신 광선과민증 증상은(안면의 '모니터 피부염' 증상과는 대조적으로) 심하게 타는 듯한 감각이지만 실제 발진이나 눈에 보이는 표식은 없다.

……어둠 속에서 지낼 때 도움이 될 만한 것이 있을까요? 제가 일조량 결핍을 보충하기 위해 먹어야 하는 보조제는 무

엇인가요?……

……논문 사본을 보내 주셔서 정말 감사합니다. 저희도 그렇고 다른 동료들도 그렇고, 분명히 환자분이나 논문에 나온 환자와 같은 증상을 가진 분들을 본 적이 있습니다. 유감스럽게도, 현재 그러한 질병의 원인은 알려져 있지 않습니다. 햇볕을 쬐는 게 피부의 비타민D 합성을 도와주니 주치의에게 비타민D 보충제를 달라고 하시면 좋을 것 같습니다. 그러면 비타민D의 결핍을 방지할 수 있으니까요……

더 구체적이고 도움이 되는 충고를 드리지 못해 죄송하지만, 현재로서는 이 증상에 대한 이해가 정말 부족합니다……. 런던에 나오실 수 있을 정도로 증상이 나아지면 진료 예약을 잡을 수 있게 알려 주시기 바랍니다……

……제 상태가 악화되어 결혼식을 취소해야 했습니다. 아시겠지만, 저희가 결혼하기로 결정하고 결혼보험에 들었을 때는 안면에만 광선과민증이 있었습니다. 병이 발전해서 이 정도로 퍼질지 당시에는 전혀 몰랐답니다……

……결혼보험에 대해서 하신 말씀은 전적으로 합당하고……

보험회사에서 연락이 오면 제가 자세히 설명하겠습니다……. ……환자분의 증상에 대해 연구하고 이해하는 문제에 관해서는 아직은 초기 관측 단계이며…….

……현재 영국에서 저와 비슷한 광선과민증 때문에 어둠 속에서 살고 있는 사람을 3명 알고 있습니다. 우리 같은 사람들은 의료 서비스에 접근하기가 정말 어려워요. 이처럼 제약이 특히 심한 광선과민증에 대해 어떤 연구가 진행되고 있는지, 혹은 계획되어 있는지 알고 싶습니다…….

……이 분야에서 구체적인 연구 프로젝트가 진행된다는 소식이 들리면 즉시 알려 드리겠습니다. 아직 이 질병은 연구하기가 아주 어렵습니다…….

……제가 병원에 갈 수 있을 만큼 나아지지 않는 한 치료를 받을 수 없다는 상황이 조금은 말도 안 되는 것 같아요! 전화로 개인 진료를 받고 대금을 지불할 용의도 있습니다……. 전화로나마 자세한 이야기를 나누면 정말 도움이 될 것 같습니다. 전화 진료를 받는 것은 정말 안 되나요?…….

물리학

이전의 삶에서 나는 평범한 사람의 눈으로 빛을 보았다. 빛이란 물과 비슷한 물질이라고 생각했다. 옷을 벗으면 목욕하듯 빛에 흠뻑 젖을 수 있고 커튼을 젖히면 빛이 흘러들어온다고, 빛은 항상 눈으로 볼 수 있고 보이지 않으면 없는 것이라고 말이다.

나는 이토록 순진하고 시적인 개념을 갖고 있었지만 피부 때문에 시작된 물리학 수업이 그러한 오해를 무자비하게 깨뜨렸다. 빛은 악당의 집안에서 태어난 푸른 눈의 미소 짓는 딸과 같았다. 겉으로 보기엔 순진하지만 거칠기만 한 가족과 많은 공통점을 가지고 있는 것이다.

감마선, 엑스선, 자외선, 마이크로파, 라디오파가 그녀와 같은 집안인데 모두 무한히 지속되는 전자파 장해로, 태어난 곳에서부터 아주 빠른 속도로 먼 거리를 가면서 힘이 아주 서서히 약화될 뿐 사라지지 않는다.

모든 전자파의 속도는 같다. 흔히 빛의 속도라고 부르는 이 상수는 진공 상태에서 약 초속 300,000킬로미터이다. 상대성 이론에 따르면 이 우주에서, 물리적 법칙 내에서 가능한 최대 속도다.

각 전자파는 특정한 주파수와 파장을 갖는다. 이것이 각 파동에 특징을 부여하며 파장이 길수록 주파수는 감소한다. 감마선은 주파수가 가장 높고(초당 약 10^{22}사이클) 파장이 가장 짧다(10^{-14}미터). 인간의 육체가 감마선에 노출되면 세포의 DNA가 파괴되어 암이 발생할 수 있다. 엑스선 역시 몸을 관통하지만 양이 적을 경우 유해하지 않으므로 실용적으로 이용할 수 있다.

마이크로파의 파장은 센티미터 단위로 측정할 수 있다. 마이크로파는 핸드폰과 안테나, 노트북과 와이파이 송신기 사이를 오가며 0과 1의 행렬 형태로 데이터를 전송한다. 반면에 라디오파는 더 길고 느슨해서 파동의 피크peak와 피크 사이의 길이가 수십 혹은 수백 미터 단위이다. 라디오파는 텔레비전과 방송에 쓰이는 주파수로, 여러 가지 정보와 오락을 싣고 뱀처럼 구불구불 전국을 횡단한다.

빛은 전자기파 스펙트럼에서 엑스선과 마이크로선 사이에 위치하며 좁은 대역을 차지한다. 빛의 파장은 나노미터 단위인데, 1나노미터는 10억분의 1미터이다. 빛은 전자기파 중에서 유일하게 인간의 눈에 보인다는 독특한 특징을 갖는다.

사실 빛은 보라색(파장 400나노미터)에서 빨간색(파장 760나노미터)까지 일곱 가지 무지개 색으로 홍채를 자극한다. 우리는 여러 가지 다른 색의 파장이 똑같이 존재할 때, 따라서 우리 눈의 각기 다른 색 감각 수용기가 같은 자극을 받을 때 백색광으로 인식한다.

전자기파 파장의 힘은 광원으로부터의 거리 나누기 1이다. 따라서 점차적으로 줄어들지만 절대 0이 되지는 않는다. 파동은 사라지지 않는다는 뜻이다. 단지 인간의 탐지 기관에 잡히지 않을 만큼 약해질 뿐이다. 파동은 정도 차는 있지만 물질을 통과하고, 그로 인해 힘이 어느 정도 줄어들긴 하지만 본질적인 특징은 지속된다.

내가 어둠 속으로의 여정을 시작하면서 특히 사무치게 깨달은 것이 바로 이 지속성이다. 처음에 나는 옷이 해결해줄 것이라고, 불투명한 소재에 소매가 길고 목이 올라오는 윗옷과 긴치마만 입으면 될 것이라고 생각했다.

하지만 빛은 무엇이든 뚫고 들어왔다. 그래서 나는 옷을 여러 겹으로, 긴소매 티셔츠 위에 안감이 대어진 재킷을, 검정 레깅스와 무릎까지 오는 부츠 위에 발목까지 오는 두 겹 치마를 껴입기 시작했다. 기이한 복고풍의, 약간 에드워드 시대의 사람 같은 모습이었다.

그러다 나는 겉옷과 속에 입은 옷이 달라붙지 않으면 빛이 더 잘 차단된다는 사실을 알게 되었고, 그래서 다리에 붙지 않도록 층이 지고 풍성하게 부푼 실크 치마와 레깅스 대신 빅토리아 시대의 판탈롱 같은 나팔 모양의 속바지를 입게 되었다. 하지만 이것으로도 충분하지 않았다. 빛이 여지없이 뚫고 들어왔다. 복잡한 옷 밑에서도 나는 여전히 불타는 느낌이었다.

나는 끔찍한 실험을 통해 벽을 입어야 함을, 벽 외에는 대안이 없음을, 이제부터는 벽이 나의 영원한 겉옷, 나 혼자만의 독특한 복장, 나의 특징적인 모습이 될 것임을 알게 되었다.

너무 빨리 포기한 것일까? 하지만 나는 효과만 있다면 무슬림 여성들이 입는 부르카라도 기꺼이 입고서 작은 우리 동네 거리를 돌아다녔을 것이다. 가끔 갑옷을 생각하기도 했다. 그런 껍데기라면 효과가 있었을까?

지나치게 무겁고 불편하지 않았을지도 모른다. 이웃들은 육중하고 반짝거리는 형체가 주차된 자동차 사이를 철컹거리며 돌아다니는 것에 익숙해졌을지도 모른다. 불량배 청년들이 툭툭 건드리며 지나갈지도 모른다. 처음에는 유튜브에서 소동을 일으키지만 조용히 지나가게 되었을지도 모른다.

하지만 이렇게 극단적인 생각까지 할 때쯤 되자 나는 고통에 지치고, 믿을 수 없을 정도로 심한 과민증에 깜짝 놀라고, 과민증을 악화시킬지도 모르는 것은 그 무엇도 하기가 겁이 났다. 나는 더 이상 나의 실험 대상이 될 수 없었다. 나는 오로지

안도감만을 안고 내 어둠의 방 벽 사이로 미끄러져 들어갔다.

나는 매일 방 안에서 긴 소매 윗옷에 벨벳 재킷을 걸치고 실크 치마 밑에 바지를 입고 양말을 신었다. 겨울과 봄, 가을에는 겹겹의 옷이 충분히 실용적이다. 하지만 여름이 되어서 기온이 30°C 이상으로 올라가고 태양이 지붕을 내리치고 벽을 쾅쾅 때리면, 그래서 봉인된 방 안의 공기가 가차 없이 더욱 뜨거워지면, 검은 방이 오븐 속에 든 토기이고 내가 그 안에 든 고기가 된 것 같았다.

창문을 열면 빛도 같이 들어올 테니 작은 바람 한 점 들어오게 할 수 없고, 창문을 꽉꽉 닫고 문틈을 전부 막아 두었다 해도 살을 드러내면 불타오를 테니 온몸이 익어가도 거창한 옷을 벗을 수 없었다.

여름이면 나는 방에서 가장 낮고 가장 서늘한 곳에 힘없이 누워서 땀을 흘리고, 흘리고, 또 흘리고, 폭염이 계속되면서 날씨가 변할 기미도 없이 열기가 하루하루 더해지면 지옥에 떨어지는 것이 무엇인지 알게 되곤 했다.

이런 상황이 되면 삶은 단순해지고 감정은 사치가 되어 버린다. 육체적 생존보다 더 중요한 것은 없으므로 그것을 위해 무엇이든 희생할 수 있다는 생각이 든다. 존엄성, 위생, 자존감, 활동, 손님, 이따금 울음을 터뜨리는 사치, 그 무엇이라도.

얼음이 내 친구가 되었다. 나는 시체 주변에 얼음을 채우듯 플라스틱 물병을 얼려서 주위에 쌓아 놓았다. 그러고는 작은 선풍기가 묵직하고 타는 듯한 공기를 나에게서 떨어져 나가도록 만들었다.

늦은 밤, 게으른 태양이 마침내 지평선 아래로 미끄러져 내려가고 하늘이 여름밤의 짙은 파란색으로 물들면 나는 위험을 무릅쓰고 잠시 아래층으로 내려갔다. 그러면 피트가 뜨거운 검은 방으로 들어가서 커튼을 젖히고 블라인드를 올린 다음 한쪽 창문을 열었다. 그런 다음 카트에 실은 에어컨을 방으로 가지고 들어가서 길고 유연한 흰색 호스를 창밖으로 뺀 다음 전원을 꽂고 스위치를 켰다.

온도 창에 표시된 방 온도는 25°C였다. 내가 다시 들어갈 때가 되면 에어컨이 해체되고 방이 다시 봉인되었다. 그러면 온도는 21°C로 내려갔다. 크게 나아진 것은 아니지만 그래도 나에게는 천국과 같았다.

나는 단 한 가지 확실한 사실에 매달렸다. 내 발밑의 지구가 돌고 있고, 열기의 계절은 반드시 지나갈 것이며, 지옥이 다시 돌아올 때까지 몇 달 동안은 이 지옥을 잊을 수 있다는 사실을 말이다.

야생

폭염 기간 동안 나는 방바닥에서 많은 시간을 보냈다. 계절이 끝날 무렵 열기가 가라앉기 시작하자 사고 능력이 서서히 돌아왔다. 다시 주변을 인식하게 된 나는 끔찍하고 낯선 사실을 발견했다.

사람은 누구나 매일 머리카락이 몇 가닥씩 빠진다. 예전의 나는 다른 사람보다 머리카락이 많이 빠지는 편은 아니었다. 그런데 지금은 내가 누워 있는 카펫에 머리카락이 즐비하게 떨어져 있었다. 어느 날 나는 빗을 들고 카펫에서 머리카락을 한 줌 한 줌 뜯어냈다. 옷을 짜도 될 정도, 새 둥지를 여러 개 만들 수도 있을 정도였다.

그렇게나 많은 머리카락을 보니 야생으로 돌아간 느낌이었다. 인간의 규범에서 벗어난 삶을 사는 괴물, 사향 냄새를 풍기는 야행성 동물, 사냥감을 사냥해서 발톱으로 할퀴고 이빨로 물어뜯고 목덜미를 찢어 버리는 짐승이 된 기분이었다.

세상의 냄새

세상 밖의 사람들에게 세상의 냄새란 어떤 것일까? 내가 안과 밖의 경계에서 어슬렁거릴 때, 세상의 냄새가 샴페인처럼 내 콧구멍을 간질인다. 세상의 냄새는 수많은 미묘한 성분이 뒤섞인 칵테일이며, 최고급 향수보다 낫다. 삶과 쇠퇴, 초목과 습기와 황야, 열기와 먼지와 나뭇잎과 꽃과 아스팔트와 자동차와 땅과 돌과 별의 혼합물이다.

내 코가 냄새를 쫓아 새로움을 빨아들이기를, 코카인처럼 들이마시기를 간절히 원하며 계속 킁킁거린다. 당황스럽고 이루 말할 수 없을 만큼 애가 탄다. 나는 취해서 비틀거린다. 그런 다음 어둠으로 돌아가 코가 적응할 때까지 내 감옥의 퀴퀴하고 조악하고 낡아 빠진 냄새를 몇 초 동안 맡아야 한다.

건강과 안전

피트와 내가 사랑을 나누려면 정해진 절차를 거쳐야 했다. 우선 우리는 밤이 될 때까지 기다린다. 그런 다음 피트가 집 안의 불을 전부 끄고, 커튼을 다 치고, 문을 전부 닫고, 맨살에 닿을지도 모르는 빛을 전부 없앤 다음 나의 검은 방으로 온다.

그는 나의 동굴로 오는 길을 찾아야 한다. 피트는 점점 익숙해져서 환기를 하려고 문을 열어 놓은 벽장으로 잘못 들어가거나 문 안으로 들어서면서 책장에 부딪히는 일이 줄어들었다.

피트가 방으로 들어오면 내가 손을 뻗어 그를 만진다. 이제 시작할 수 있다. 피트가 촉감만으로 익숙하지 않은 옷을 벗기려고 애를 쓰면서 투덜거린다.

"제임스 본드라면 이렇게 애를 먹지 않을 텐데……."

처음 한동안은 사랑을 나누다가 둘이서 별이 보일 정도로 머리를 세게 부딪친 적도 있다. 피트가 팔꿈치로 내 눈을 친 적도 있고, 내가 턱을 치는 바람에 피트가 침대 옆 벽에 머리를 박은 적도 있다. 싱글 침대라서 둘이서 떨어지기도 했다.

우리는 상대방에게 자기 머리의 위치를 항상 알리는 게 중요하다는 사실을 깨달았다. 그래서 우리는 말을 더 많이 하거나 소리를 더 많이 내곤 했다. 그렇게 하면 또 황홀함, 지루함, 기쁨을 나타내는 표정의 부재도 보완할 수 있었다.

나는 우리가 사랑을 나누며 내는 소음에 대해서는 별로 걱정하지 않았다. 암막 소재로 창문을 겹겹이 가렸으니 누가 들을 리가 없었다.

사진 이야기

오늘 밤 카메라 동호회에서 '영국의 자연'이라는 주제로 대회가 열린다. 피트가 컴컴한 내 방으로 들어와서 침대 위 내 옆자리에 앉아 이야기를 해주었다.

“곤충 사진 찍는 걸 좋아하는 사람들이 전부 모여들 거야. 잠자리나 뭐 그런 벌레의 클로즈업 사진이 아주 많겠지.”

“당신은 뭐 출품할 거야?”

피트는 자연보다 풍경에 관심이 많으므로 선택의 여지가 많지 않았다. 그는 어두운 배경에서 어른거리는 초록색의 뭔가를 찍은 아주 흐릿하고 무척 난해한 클로즈업 사진들을 카메라로 보여 주었다. 잠깐이라면 이렇게 작은 화면으로 슬라이드 쇼를 봐도 피부에 무리가 가지 않는다.

“이게 도대체 뭐야?”

“너도밤나무 잎이야. 봄에 찍은 거야.”

“하지만 초점이 전혀 안 맞잖아.”

“초점이 안 맞아야 돼. 그게 바로 예술이야.”

“오늘 밤 대회에서 이게 무슨 상이라도 받으면 나 진짜 깜짝 놀랄 거야.”

“좋아. 내기할래?”

피트가 자신만만한 목소리로 말을 했다. 나도 질 수 없었다.

“좋아. 내기하자. 당신 사진이 오늘 밤에 무슨 상이든 타면 내가…… 그런데 내가 뭘 걸어야 하지?”

“내 멋진 작품에 대해 그런 말을 했으니, 내게 납작 엎드리셔야지."

"흐음, 좋아, 당신이 이기면 기꺼이 납작 엎드리지. 내가 이기면?"

"주말에 맛있는 거 사줄게."

피트는 카메라 동호회 모임에 간다. 그동안 나는 애거사 크리스티와 함께 저녁 시간을 보냈다. 그러다 작은 알람시계의 버튼을 누르자 문자판에 희미한 빛이 들어왔다. 열 시였다. 이제 잘 시간이다. 나는 씻고, 옷을 벗고, 침대에 누웠다. 피트는 늦으려나 보다.

잠깐 잠이 들었었나 보다. 피트가 문을 똑똑 두드려 졸고 있던 나를 깨웠다.

"안녕."

내가 졸린 목소리로 말했다. 나는 이미 그와의 내기 시합을 완전히 잊고 있었다. 피트가 내 베개 옆에 무릎을 꿇고 말했다.

"안녕. 안됐지만 당신이 납작 엎드려야겠는데. 내 사진이 대단히 호평을 받았거든."

나는 용수철이 튀듯 침대에서 벌떡 일어났다.

"뭐라고? 말도 안 돼. 정말이야?"

"당연히 정말이지."

"심사위원들은 도대체 무슨 생각인 거야?"

"안목이 높고 분별력 있는 사람이었어. 아무튼, 내가 이겼으니 약속대로 해야지."

"말도 안 돼, 그런 사진이 높은 평가를 받다니……."

나는 계속 투덜거렸다. 그렇다는 것은, 내가 내기에 졌음을 인정할 수밖에 없다는 뜻이었다.

평행

나와 비슷한 삶의 이야기를 듣고 싶었다. 하지만 그런 이야기는 없었다. 주위 사람들이 나 대신 인터넷을 뒤져 봐도 흔적들만 나올 뿐이었다. 영양학 전문잡지에 나온 기사, 스웨덴에서 발행된 책의 한 페이지, 하루 종일 오디오북만 듣는 포르피린증을 가진 여자에 대한 짧은 언급…….

그래서 나는 추리 소설, 스릴러, 역사서, 연애 소설, 회고록 등의 뒤죽박죽된 퍼레이드에서 나의 사례와 유사한 것을 추출해서 모았다.

나는 커다란 고난을 겪는 인간의 이야기를 갈망했다. 그들이 어떤 느낌이었는지, 무엇을 했는지, 그 고난을 어떻게 견뎠는지 알고 싶었다. 그래서 감금, 박탈, 쇠퇴가 오래 지속되는 이야기를 수집했다. 매일매일 견딜 수 없는 것을 견디는 것, 다른 사람이 보면 오로지 공포만을 느끼며 포기해서 자살하거나 절망하기만을 기대하는 상황에서 삶이 계속 깜빡거리는 것을 묘사한 글을 간절히 원했다.

이렇게 수집한 이야기에 점차 매료되었다. 그 이야기들은 잘 닦아서 내 마음속 벨벳 주머니에 넣어둔 조약돌과 같았다. 나는 가끔 그 조약돌을 꺼내서 살펴보고, 이리저리 뒤집어 보고, 상대적인 무게와 결을 느껴 보고, 순서와 문양을 실험해 보았다. 나는 그 이야기들을 이용해서 생각하고, 내 고난의 등고선을 그려보고, 비교의 기준을 만들어 냈다. 각 이야기는 내 상황과 똑같지는 않지만 공통 요소가 있는데, 총 네 개의 평행이 존재했다.

1. 빅토르 위고의 《파리의 노트르담》

괴상하고 끔찍한 감금이 많이 나온다. 루이 11세 왕은 한 때 베르됭의 주교였던 사람을 가둔다. 그는 몇 년 동안이나 바스티유 감옥에 갇혀 지낸다. 문 앞을 지나가는 모든 사람에게 자신을 위해 탄원해 달라고 빌지만, 왕은 그를 결코 풀어 주지 않는다.

그레브 광장의 투르 롤랑드 돌탑에는 오래전부터 스스로 갇혀서 참회하는 여인이 있었다. 창살이 쳐진 작은 창 하나만

이 바깥 거리를 향해 나있고, 그것을 통해서 사람들이 가끔 물과 음식을 전해 주었다. 그녀는 대부분 자기 방 짚 위에 앉아서 잃은 아이를 위해 울었다. 그녀는 16년 동안 갇혀 지냈다.

투르넬의 성채 아래에는 지하 감옥이 있었다. 지하 감옥 아래에는 가장 깊고 어두운 구덩이가 있었다. 출입구는 통풍문밖에 없었다. 빛도 온기도 없었고, 벽과 바닥은 냉기와 습기를 내뿜었다. 이곳에 갇히면 그걸로 끝이었다. 이곳은 사람들이 갇힌 채 망각에 빠지는 비밀 감옥이기 때문이었다.

2. 존 그리샴의《이노센트 맨》

미국의 작은 마을에서 벌어졌던 오심 사건을 보여준다. 실화이다. 이 책에는 맥알레스터 오클라호마 주립 감옥의 사형수 시설에 대한 설명이 등장한다. 1991년에 문을 열었을 때 오클라호마 주립 감옥은 가장 안전하고 현대적인 최첨단 시설로 여겨졌다.

이 건물은 전체가 지하 시설이었다. 수감자들은 자연광을 절대 보지 못했다. 감방과 그 안의 가구들은 콘크리트로 만들어졌다. 콘크리트에 회벽을 바르지도 페인트를 칠하지도 않았기 때문에 수감자들은 콘크리트 가루를 들이마셨다.

외부 공기를 전혀 들여보내지 않는 폐쇄형 공조 시스템은 자주 고장이 났다. 그래도 아무도 수감자의 건강을 신경 쓰지 않았다. 뭐, 그 사람들은 어쨌거나 죽을 거잖아? 사람들은 그렇게 숙덕거렸다. 하지만 항소 때문에 감옥을 벗어나지 못하는 많은 수감자들이 몇 년 동안이나 사형수로 살아갔다.

3. 래널프 파인스의 《비밀 사냥꾼들》

남극의 오두막에서 발견되었다는 서류를 소설화한 것으로, 나치 잔당들이 알려지지 않은 남극 금광을 이용하여 자금을 마련해서 새로운 제국을 건설하려고 하는데, 어렸을 때 홀로코스트를 가까스로 피한 남자가 이들을 추적한다는 내용이다.

이 책에는 아우슈비츠에 대한 설명이 등장하는데, 내가 모르는 사실은 하나도 없었다. 나는 아우슈비츠에 대해 대부분 다 들었고, 어렸을 때부터 배웠다. 책도 읽고, 다큐멘터리도 보고 영화도 보았다.

하지만 그 모든 것에도 불구하고 나는 준비가 되어 있지 않았다. 어둠 때문인지, 일인칭 시점 때문인지, 아니면 나의 정신적 상태 때문인지 모르지만, 나는 완전히 압도당했다. 나를 사로잡은 것은 사람을 죽이기 전에 체계적으로 가해지는 굴욕과 의식적인 인간성 말살이었다.

심장이 심하게 쿵쾅거리고 호흡이 가빠지면서 폐의 맨 위쪽 10분의 1 정도만 공기가 들어왔다 나갔다 하는 느낌이었다. 내 몸통이 철판으로 뒤덮여 있고, 누군가 나사를 조이는 것처럼 철판이 내 몸을 꽉 조였다. 달아날 수가 없었다. 그 모든 고통에도 불구하고, 나는 몇 시간 동안 쉬지도 않고 들었다.

4. 장 도미니크 보비의 《잠수종과 나비》

파리에 사는 패션잡지 편집자가 40대 초반에 심각한 뇌졸중을 일으키는 것으로 시작한다. 의식을 되찾고 보니 전신마비였다.

그는 '락트인 증후군locked-in syndrome'이라는 희귀질환을 겪는다. 이 질병은 의식은 있지만 전신마비로 인해 외부자극에 반응하지 못하는 상태가 지속되어 평생 방 안에 갇혀 살 수밖에 없고 외부와의 소통도 거의 불가능하다. 요컨대 정신은 멀쩡하지만 몸은 꼼짝도 할 수 없기에 모든 것을 다른 사람들이 대신 해주어야 했다.

주인공은 눈꺼풀을 조금 움직일 수 있음을 알게 되었다. 다른 사람이 알파벳을 읽어 주면 그가 원하는 문자에서 눈을 깜빡이고, 그것을 상대방이 받아 적었다. 이렇게 해서 그는 부탁을 하고, 이야기를 하고, 그리고 나중에는 이 책을 쓸 수 있게 되었다.

나는 장 도미니크 보비의 이야기에 무척 감동을 받고 그에 대해 많이 생각했다. 빛을 보지 못하되 몸을 움직일 수 있는 기쁨은 매혹적이지는 않지만 무시할 정도는 아니다. 나는 원할 때 화장실에 갈 수 있다. 먹고 싶은 것을 먹을 수 있고, 나를 위해 준비된 것 안에서는 자유롭게 선택할 수 있다. 음식을 음미할 수도 있다. 비록 어두운 상자에 갇혀 있지만 팔다리를 마음대로 움직일 수 있다. 손짓과 표정의 뉘앙스를 놓칠 뿐 사람들과 자유롭게 이야기를 나눌 수 있다.

그렇다면 보비는 나와 운명을 바꾸려 할까, 혹은 나는 보비와 운명을 바꾸려 할까? 어쩌면 삶이 우리에게 그런 선택권을 주지 않는 것이 당연할지도 모른다. 우리는 질문지 앞에서 펜을 들고 어느 칸을 선택해야 할지 결정하지 못한 채로 절망적인 시간을 보낼 것이다.

이 책에서 최악의 부분은 후기였는데, 장 도미니크 보비가 죽었다는 사실을 알게 되었기 때문이다. 그는 뇌졸중을 일으키고 나서 2년 몇 개월 후인 1997년에 죽었다.

나는 정말 낙심했다. 내가 감당하기 힘든 삶을 사는 모든 사람을 대표하기라도 하듯, 그의 죽음은 너무나 강렬하게 다가왔다. 이것은 편리한 마무리를 제공하는 너무 깔끔한 결말, 너무 쉬운 해방이 아닌가.

실제로는 그런 해방이 없는 사람이 대부분이다. 그저 몇 년이고 계속 살아가면서 한 해 한 해 경계가 흐릿해지고, 끊임없이 반복되고, 마음속에서 어찌할 수 없을 정도로 뒤섞인다. 기억에 남을 만한 일은 너무나 적고 시간이라는 회색 밧줄 위에 너무나 띄엄띄엄 펴져 있기 때문이다.

꿈 V

나는 예전에 살던 런던 아파트의 침실에 있다. 남향의 멋진 방에는 커다란 창문이 두 개 있어서 조용한 거리나 교외의 하늘을 바라볼 수 있다. 기억에서와 마찬가지로 꿈속의 방은 아늑하고 따뜻하며, 햇빛이 억센 갈색 카펫에 문양을 그리고 먼지 입자들이 무지갯빛으로 떼를 지어 춤을 춘다.

바스락거리는 흰색 침대보 위에 앉아 있는데, 갑자기 저녁이 되어 커튼이 드리워지고 방이 추워진다. 피트가 거기 있지만 고개를 돌리고 있어서 옆모습밖에 보이지 않는다. 다른 누군가가, 짧은 치마에 무릎까지 오는 부츠를 신고 곧은 갈색 머리 끝부분을 삐죽삐죽하게 자른 여자가 방에 있다. 그녀는 방안을 돌아다니면서 내 물건을 뒤적이고, 서랍을 열어 보고, 사진을 평가하고, 책장에서 책을 꺼낸다.

피트는 여전히 내게서 고개를 돌린 채 떠나겠다고, 그럴 수밖에 없어서 유감스럽지만 내가 이해해줄 것을 안다고 말한다. 심장을, 폐를, 간과 창자를 후벼 파는 느낌이다. 고뇌와 공허함이 나를 습격한다. 나는 아무 말도 하지 않는다. 사실 아무 말도 할 수 없다.

그저 피트의 험상궂은 옆얼굴과 합리적이고 맞는 말만 하는 아름다운 입을 바라본다. 그의 말에는 어떤 오류도, 반박의 여지도 없다. 나는 충격을 받지만 놀라지는 않는다. 그리고 생각한다. '결국 이렇게 되는구나. 이제 나는 어떻게 하지?'

어둠 속에서 잠이 깬 나는 꿈이 진짜인 줄 알고 딱딱하게 굳은 채 숨만 몰아쉬며 침대에 누워 있지만 머리는 이미 작동을 시작하여 내 세계에 뭐가 남아 있는지 곱씹는다.

내가 얼마나 오래 거기에 누워서 슬퍼하며 계획을 세웠는지 모르겠다. 마침내 사소한 것들이 의식 속으로 파고들며 따끔거리는 의심의 조각을 불러오기 시작한다. 뒤이어 귀를 파고드는 어지러운 소음이 들린다. 욕실 문이 열렸다 닫히는 소리, 불을 켜고 끄는 스위치 소리가 들린다. 아직 반쯤 꿈을 꾸며 생각한다.

'내가 정말 런던에 있었나? 빚을 받으면서, 내 아파트에 있었다고? 전혀 말이 안 돼. 아파트는 벌써 오래전에 팔렸잖아.

내가 그 아파트에 없었다면 그 일 자체도 없었던 거잖아?'

그러다가 몇 년 전, 대학입학 자격시험을 치기 몇 달 전에도 시험에 관해 비슷한 꿈을 꿨던 기억이 난다. 시험 결과를 받는 아주 생생하고 그럴듯한 꿈이었는데, D가 3개여서 내가 목표했던 대학에 입학할 수 없었다.

나는 잠에서 깨어 지독하게 실망하고 부끄러워하며 적어도 한 시간은 누워서 이제 어떻게 할지 생각해 내려 애썼다. 재시험을 볼까, 공부를 포기하고 음악 대학을 가야 할까? 시험을 떠올리면서 무엇을 잘못했는지 단서를 찾으려던 나는 시험을 본 기억이 전혀 없음을 깨달았다.

그러다가 창밖으로 아직 어린 잎사귀에 떨어지는 부드러운 봄비를 보았고, 미래가 아직 아무것도 쓰지 않은 깨끗한 종이임을 깨닫자 심장이 두근두근 뛰었다. 하지만 나는 그 꿈을 꾼 것에 항상 감사했다. 그것은 나에게 감정을 연습할 기회를, 최악의 상황이 벌어지면 어떨지 미리 경험할 기회를 주었다.

이상한 생각들

마음속 웅덩이에서 헤엄을 치다가 이상한 생각들을 발견했다. 반짝이는 그 생각들이 시야 끝에서 절반쯤 보이는데, 형태를 알아볼 수 있을 만큼 뚜렷하지는 않았다.

이 깜깜하고 깊은 곳에는 세 가지 종류의 생각들이 살고 있다. 그림자 비늘을 가진 부드러운 회색 물고기의 이름은 '죽음을 부러워함'이었다. 부고를 들을 때마다 죽은 사람이 누구든 나는 갑작스럽고 비뚤어진 질투를 느꼈다. 죽은 자는 이미 결말을 찾았다. 길게 뻗은 길 끝의 모퉁이를 돌았다. 그들의 이야기는 이미 완성되어 마지막 단어까지 쓰였으므로 더 이상 미래를 두려워할 필요가 없다.

시간이 삶의 양쪽 끝을 막아 부드러운 솜뭉치로 감싸고 귀중한 것으로 저장하고 있었다. 나는 아직도 혼돈의 날카로운 모서리를 향해서, 황량하고 누구도 가본 적 없고 아무도 모르는 어딘가를 향해서 빠른 속도로 돌진했다.

두 번째 물고기는 색이 옅은데, 물에 비친 달그림자처럼 떠다녔다. 그 물고기의 이름은 '나 자신을 유령이라고 믿음'이었다. 그것은 기나긴 시간을 먹으며 혼자 살았다.

나는 몇 시간 동안이나 얼굴 바로 앞에 펼쳐 들고 있는 손조차도 볼 수 없었다. 내 팔도, 내 무릎도, 내 발도 보이지 않았다. 상자 속에 갇힌 나는 세상에 아무런 영향도 끼치지 못하고, 세상은 나라는 존재가 아예 없다는 듯 정해진 경로를 따라 흘렀다.

사람들은 내가 살고 있는 곳을 빈집이라고 생각할 것이다. 그 안에 무엇이 살고 있을까? 남의 눈을 피해 숨고, 기어 다니고, 의기소침해하고, 가끔 이 방 저 방을 하릴없이 돌아다니고, 손톱만 한 빛만 봐도 공포에 질려 멀리 달아나는 나. 내가 존재하지 않는 것 같다는 환상도 이제는 전혀 놀랍지 않다.

그리고 마지막으로 웅덩이 바닥에, 찌꺼기와 진흙이 겹겹이 쌓이고 물이 끈적끈적하고 침침한 곳에 숨어 있는 생각이 하나 있다. 그것은 검고 커다랗고 포악한, 억센 척추와 면도날 같은 이빨을 가진 물고기이다. 진흙 구멍에 꼼짝도 않고 며칠씩 숨어서 얼룩덜룩한 살갗이 전혀 보이지 않을 때도 있다. 하지만 그 물고기는 항상 다시 나타나서 내 영혼의 낮은 유역을 떠다닌다. 그것의 이름은, '자살'이었다.

최후를 맞이하는 방법

죽고 싶지 않다. 하지만 죽음의 수단은 지니고 싶다. 선택이라는 사치를 누리고 싶고, '이걸 어떻게 견디지?'라는 질문에 대한 답이 항상 '그냥 견뎌'일 필요는 없다는 사실을 알고 싶다.

나는 방법과 수단을 애타게 찾는다. 고통과 폭력성 때문에, 엉망진창이 될까봐, 실패의 가능성 때문에 움츠러든다. 나를 발견할 사람을 걱정하고, 침대 위에서 꼼짝도 하지 않는 형체가 피로 가득한 욕조보다는 덜 끔찍할 것이라고 생각한다. 나는 돌이킬 수 없는 행동을 한 다음 무의식에 빠지기 전까지의 시간 때문에 초조하다.

그사이에 마음이 변할 가능성이 전혀 없는 것은 아니다. 자살을 시도하는 사람들 중에서 과격하고 돌이킬 수 없는 행동을 한 후에야 진정으로 바라는 것을 깨닫고 정신적인 고통 속에서 죽는 이들이 얼마나 많을까? 무덤에서 불평해 봐야 소용이 없다.

나는 알약을 준비해 두고 싶다. 벽장 구석에 그것을 놔두고 싶다. 알약은 나의 보험이 될 것이고, 그 존재만으로도 마음이 편해질 것이다. 하지만 어떻게 구할까? 의사에게 전화를 해서 잠을 잘 못 잔다고 할 수도 있겠지만 핑계가 통할지 의심스럽다. 의사는 내 상황을 알기 때문에 금방 의심할 것이다.

그리고 인터넷의 수많은 사이트에서, 심지어 매일 듣는 라디오에서도 자살 방법을 자세히 알려 주고 채팅방에서는 죽음을 계획하는 사람들과 쉽게 접촉할 수 있고, 온라인 약국은 죽음에 필요한 약을 제공했다.

컴퓨터는 내 동굴 가까이에 있다. 사실, 바로 옆방에 살고 있다. 하지만 나에게는 그것이 고요히 닫힌 문이나 다름없는데, 컴퓨터 화면은 사실상 그 어느 것보다도 나를 더 빨리, 더 끔찍하게 태우기 때문이었다.

내가 정보의 고속도로를 돌아다니려면 중재자가 필요하지만 불행히도 중재자는 기계가 아니라서 나름의 생각과 감정을 가지고 있었다. 나를 도울 만큼 무심한 사람을 찾을 수 있다 해도 그들이 법적 결과에 대해서도 무심할 가능성이 낮았다.

그러므로 약을 손에 넣는 것은 터무니없는 몽상으로 남았다. 대신 나는 손쉽게 구할 수 있는 것으로 보험을 따로 마련했다. 부엌 서랍에는 칼과 칼 가는 도구가 누워 있었다. 나의 계획은 제일 긴 칼을 아주 날카롭게 간 다음 고대 로마인들처럼 칼 위로 쓰러지는 것이다. 이 방법을 생각해 내고 나니 기분이 놀랄 만큼 나아졌다.

지금 자살에 대해 이야기하고 있지만, 사실 그건 아주 어려운 일이었다. 자살이야말로 죽음 그 자체보다 더욱 근본적인 금기사항이다. 자살은 사람의 가장 원시적이고 가장 비밀스러운 부분을 건드리고, 생명의 가치에 대해서 – 무엇을 빼앗기면 더 이상 살 가치가 없는지, 나의 하루하루를 견딜 만하게 만들기 위해서 다른 사람들이 무엇을 할 수 있었는지, 또는 하지 않았는지, 그들이 내 입장이라면 어떻게 행동할지, 어떤 기분일지에 대해서 – 질문을 던진다.

그래서 대체로 나는 자살을 입에 올리지 않지만, 가끔은 자살에 대해 이야기하지 않으면 절망으로 터져 버릴 듯한 느낌이 들곤 했다. 한동안 마음속에 압박감이 쌓이면 배출구는 단 한 가지밖에 없다. '나 자살할 것 같아'라고 말하는 것이었다. 그것도 내 말을 듣고 있는 귀를 향해서.

사람들의 반응은 아주 다양했다. 하지만 항상 충격에 빠진 침묵이 흐르고, 그래서 나는 하면 안 되는 말을 했음을, 암묵적인 규칙을 깨뜨렸음을, 그 말이 공공장소에서 바지를 내린 것과 다름없음을 깨닫곤 했다.

어느 날 친구 엘런과 통화를 하다가 그 말을 불쑥 내뱉자 엘런은 이렇게 말한다.

"아, 하지만 피트는 정말 상심할 거야, 안 그래? 네가 그렇게 하면 말이야."

"잠깐은 기분이 나쁠지도 모르지. 하지만 장기적으로 보면 피트에게도 좋은 일이야. 자유로워질 테니까."

"피트는 분명 그렇게 생각하지 않을걸."

하지만 나는 그다지 확신이 없다. 게다가 엘런의 반응이 별로 적절하게 느껴지지 않아서 곧 화제를 바꾸었다. 나는 내가 계속 살아야 하는 이유로 연인의 일시적인 감정보다 더 단단하고 확고한 무엇이 필요하다.

남동생에게 자살을 선언하자 단순하고 직접적인 반응이 나온다.

"하지 마. 그럼 우린 너무 가슴이 아플 거야."

나는 동생의 말에 감동해서 눈물을 흘렸는데, 엄마에게 똑같은 말을 하자 엄마는 이렇게 대답했다.

"음, 난 네가 그러지 않기를 바라지만, 궁극적으로는 네 선택이니 어쩔 수 없는 일이지."

나는 충격을 받았다. 엄마에게 한 대 크게 얻어맞은 기분이었다. 물론 이것은 엄마가 할 말은 아니었다. 엄마들은 울고, 애원하고, 내가 얼마나 그리울지 말해야 한다. 하지만 여기에는 역사가, 복잡하고 비극적인 사연이 있었다.

내가 어렸을 때 외할머니가 운동신경 질환에 걸렸다. 환자는 근육을 움직이는 힘을 차츰차츰 잃어버리고, 결국 기나긴 교착 상태에 빠져 버린다. 죽는 것이 아니라 음식을 삼키지 못하고, 배변도 하지 못하고, 의사소통도 하지 못하게 되는 고통 말이다. 이 무시무시한 공포를 덜기 위해 할 수 있는 것은 거의 없다. 70년대 초에는 더더욱 없었다.

당시 58세였던 외할머니는 말을 할 수 없게 될 때까지 엄마에게 죽여 달라고 애원하고, 또 애원했다. 엄마의 말에 따르면 그렇게 해드리고 싶다는 생각도 들었지만 나를 생각해서 참았다고 한다. 엄마는 내가 죄수의 딸로 자라기를 바라지 않았다. 결국 할머니는 병원에 입원했고, 병원 측은 할머니를 창가 침대에 눕혔다. 그들이 바라던 대로 할머니는 폐렴에 걸렸고 마침내, 서서히 질식하여, 세상을 떠났다.

이 경험으로 엄마는 자발적 안락사의 열렬한 지지자가 되었다. 엄마는 자발적 안락사 협회에 가입했고, 그 협회는 나중에 '존엄사'로 이름을 바꾸었다. 엄마는 가끔 미디어에 나가서 자기 경험을 이야기하기도 했다. 또한 어떠한 경우에 추가적인 의료행위를 원치 않는지 설명하는 사전 의료 지침서를 만들어 두기도 했다.

엄마가 주장하는 핵심은 개인의 선택이 신성하다는 것이었다. 똑같은 불치병에 걸린다 해도 각각의 개인은 다른 선택을 할 것이다. 어떤 이들은 마지막 숨을 내쉴 때까지 계속 살고 싶을 것이고, 또 어떤 사람들은 조금 더 일찍 벗어나고 싶을 것이다. 게다가, 실제로 그런 상황이 닥치면 그때까지의 생각이 바뀔 수도 있다.

늙고 병들면 위스키 한 병과 알약으로 얼른 끝내겠다고 몇 년 동안이나 말하던 사람이 막상 그렇게 되면, 병원 천장에서 깜빡이는 불빛을 바라보는 것밖에 할 수 없다 해도 의식이 있는 순간순간이 소중하다는 사실을 깨닫고 서서히 죽어 가는 것을 선택할 수도 있다.

반대로 결코 자기 손으로 목숨을 끊고 싶지 않을 것이라고 굳게 믿던 사람도 내장이 썩고 괄약근이 기능을 멈추면 생각이 바뀌기도 한다. 요점은, 그 상황에 처하지 않은 사람은 절대 판단할 수 없다는 것이다.

그러므로 엄마가 그토록 굳게 믿고 있는 원칙을 말로 한다고 해서 내가 충격을 받아서는 안 되었다. 어쩌면, 엄마는 내가 허풍을 치고 있다는 사실을 눈치채고 내 뜻이 아주 확고하거나 심각한 것은 아니라고 생각해서 그렇게 말하는 것이 그 생각을 버리게 할 가장 좋은 방법이라고 판단했는지도 모른다.

나는 되도록 그 말을 입 밖에 내지 않으려고 최선을 다하지만, 물론 나의 자살 선언을 가장 자주 듣는 사람은 피트였다. 그는 자살을 회의적으로 생각했다. 피트가 퉁명스럽게 말했다.

"그건 규칙 위반이야. 법으로 금지해야 돼. 남겨지는 사람들에게 너무 불공평하잖아."

그래도 내가 푸념을 계속 늘어놓으면 이렇게 말했다.

"그러지 마, 당신이 정말 보고 싶을 거야."

그러던 어느 날, 나는 듣는 사람의 입장, 다른 사람의 자살 선언에 대답해야 하는 위치가 되었다. 만성 질환을 앓고 있고, 집도 없고, 특히 힘든 시기를 겪고 있는 전화 친구와 통화를 할 때, 그 친구가 말한다.

"계속 버틸 수 있을지 모르겠어. 자살을 심각하게 고려하는 중이야."

나는 망설임 없이 말해 주었다.

"무슨 말인지 알아. 나도 자살을 생각해. 하지만 정말 그러면 안 돼. 그건 내 편을 실망시키는 일이야."

이 말을 하고 나는 깜짝 놀랐다. 그리고 내 충고가 얼마나 설득력 있는지 귀를 기울였고, 그것이 나의 진심임을 깨달았다. 감당하기 힘든 삶을 살면서 다른 사람들 눈에 거의 보이지 않는 우리 모두에게는 연대의 의무가 있었다. 그건 남은 사람들의 마음을 편하게 해주기 위해서라도 완전히 사라져서는 안 된다는, 순전히 오기에서 나온 의무였다.

그런 다음 나는 여러 해 전 대학에 다닐 때, 이전의 삶에서, 의사가 되려고 공부하고 있던 친구를 만나러 브리스톨에 갔던 이야기를 했다. 그 친구가 나에게 유명한 클리프턴 현수교를 보여 주었다. 에이번강의 깊은 골짜기 위에 걸쳐진 이 다리는 빅토리아 시대의 기술을 잘 보여 주는 명물이었다. 다리 위를 걸어가다가 친구가 옆쪽을 가리키며 무서운 말을 했다.

"저기가 사람들이 뛰어내리는 곳이야."

푸릇푸릇한 풀이 드러난 강둑을 내려다보자 뱃속이 뒤틀렸다. 몇백 미터는 떨어져야 할 것 같았다. 친구가 말을 이었다.

"그거 알아? 브리스톨에서 버스 한 번만 타면 이 다리까지 올 수 있는 지역의 자살률이 갈아타야 하는 지역보다 훨씬 더 높대."

그것이 바로 그가 말하고자 하는 요점이었다. 자살은 생각할 기회가 주어지면 사라질 수도 있는 충동이라는 것 말이다. 다른 통계들도 이 사실을 증명한다.

예를 들어서 진통제를 병에 담아서 판매하지 않고 플라스틱 칸에 개별 포장해서 판매하자 과다복용이 급감했다고 한다. 통계가 생명을 구하는 것이 흔한 일은 아니지만, 나와 친구 모두 그 사실에서 위로를 받은 것 같다.

생각할 수 없는 미래

나와 내 꿈 사이에는 이제 길이 없다. 꿈이 사라진 것은 아니다. 땅에서 풀려난 꿈은 따뜻하고 반짝이는 거품이 되어 저 높이 어딘가에서 흐르고 있다. 내가 지금 여기에서 꿈에 닿을 수 있다고는 생각할 수도 없다. 연결하는 길이 없다.

감히 미래를 보려 하면 내 마음이 검열을 시작하여 아주 조금 생각했을 뿐인데도 묵직하고 검은 커튼을 얼른 내려 차단

한다. 내 마음은 친절하다. 나 자신을 현명하게 보호한다.

미래를 생각하는 것이 절망과 죽음에 이르는 가장 빠른 길이라는 사실을 내 마음은 안다. 왜냐하면, 커튼 뒤에 무엇이 숨어 있겠는가? 세 가지밖에 없다. 호전, 악화, 현상 유지. 셋 중 두 가지가 확실해진다면 견딜 수 없는 것이다. 몰라야만 계속 살아갈 수 있다.

우리 앞의 모든 것이 숨겨진 칼날 같은 시간의 끄트머리에서 사는 것은 축복이다. 심령 치료사, 집시, 천사의 말에는 귀를 닫자. 장막을 걷을 수 있다고 말하는 사람은 모두 추방하자. 하데스로부터 사랑하는 연인을 구한 오르페우스는 언덕길을 오르다가 뒤를 흘깃 돌아보는 바람에 모든 것을 잃었다. 나는 뒤로 걸으며 하루하루를 견딘다. 나에게 치명적인 것은 감히 앞을 보는 것이리라.

2장

희망을 향해 걸어가다

회복의 조짐

첫 번째 신호는 거의 알아차릴 수 없을 만큼 미세했다. 나는 평소처럼 조심조심 계단을 내려가 어둑어둑한 거실을 지나서 부엌으로 간 후에 재빨리 움직여서 사과를 씻고 녹차를 우려냈다. 그런 다음 거실로 돌아가서 평소처럼 식탁 앞에 앉아 사과의 차가운 살을 베어 물고, 차에서 오르는 김을 쐬어 코를 따뜻하게 했다.

시선이 어둑어둑한 방의 형체들 사이를 헤맸다. 꽃병에 꽂힌 옅은 색의 꽃들, 거대한 바코드처럼 보이는 책장의 책등들……. 내가 사과를 씹고 차를 홀짝이는 동안 생각이 이리저리 표류했다.

그리고 서서히, 아주 서서히, 나는 이제쯤 일어나야 하는 현상이 일어나지 않는다는 사실을 깨달았다. 수개월 전에 컴퓨터 앞에서 처음 당황했던 때 이후 으레 일어났던 피부의 불길한 속삭임이 없었던 것이다.

믿을 수가 없었다. 스스로 그것을 믿도록 용납할 수 없었다. 식탁에서 천천히 일어났다. 마음이 소용돌이쳐서 벽을 짚고 몸을 가누며 이렇게 물었다. 어떻게 하지? 어떻게 하면 이 드물고 믿을 수 없는 유예기간을 잘 활용할 수 있을까?

결국 나는 운동을 하기로 마음먹었다. 방해가 되는 가구를 치운 다음 잠잠한 피부와 부스럭거리는 치마 속에서 우리 집 거실이 엘리자베스 시대 시골 저택의 기다란 복도라도 되는 것처럼, 그리고 내가 비오는 오후에 다리 운동을 하는 귀부인이라도 되는 것처럼 서성거렸다.

잠시 후, 익숙한 따끔거림과 간질거림이 시작되자 나는 후퇴했다. 어둠 속으로 돌아간 나는 무슨 일이 있었는지 잊으려고 애를 썼다. 조금 전의 일을 마음에 담아두는 게 말도 안 될 만큼 위험하게 느껴졌다. 불붙기 쉬운 고요한 희망이 담긴 거대한 그릇 옆에서 불을 댕기는 것이나 마찬가지였다.

하지만 다음 날, 같은 일이 또 벌어졌다. 나는 완벽한 어둠에서 어둑어둑한 아래층으로 내려가 잠시 거기에 머물렀다. 피부가 잠시 잠잠한 침묵을 지킨 후에야 불길한 수군거림이 시작되고, 나는 다시 한 번 신중하게 물러났다. 이것이 첫 번째 단계였다.

하루하루가 지나갔다. 두 번째 단계는, 아래층의 옅은 어둠 속에서 긴 벨벳 커튼 한쪽 끝을 살짝 젖혀 대낮의 빛을 미약하고 흐릿하게나마 들어오게 하는 것이었다.

창문에서 멀지도 가깝지도 않은 곳에 앉아서 잡지를 얼굴 가까이 들고서 빛이 곧장 잡지에 떨어지도록 몸을 비틀면 글을 읽을 수 있었다. 척추가 아프고 목이 경련을 일으키지만 시신경을 간질이는 문장은 오랫동안 잊고 있던 관능적인 애무였다. 나는 조용히 앉아서 잡지를 읽었다.

하루하루가 흘러갔다. 나는 아래층에 더 오래 머물렀고, 커튼을 조금 더 많이 젖혔다. 그런 다음 세 번째 단계가 찾아왔는데, 그건 아주 중요한 단계였다.

어느 날 저녁 어둠이 내린 후, 나는 부츠를 신고 모자를 쓰고 외투를 입고서 뒷문을 열었다. 그리고 사방이 막힌 작은 공간의 판석에 발을 내디뎠다. 내 오른쪽은 옆집 부엌 벽이고 왼쪽은 우리 집 벽, 뒤쪽은 흰색 문이 달린 차고 뒷벽으로 막혀 있었다. 내 머리 위로는 직사각형 모양의 구름 낀 가을 하늘이 있었고, 관목 사이로 난 길이 나를 이끌었다.

세상의 냄새가 나를 감쌌다. 나는 물에 빠져 죽은 줄 알았는데 갑자기 수면 위로 떠오른 사람처럼 코를 킁킁거리며 달콤한 밤공기를 들이마셨다. 잔디밭을 걸어가자 너무나 오랫동안 집 안에서만 기어 다녀서 이렇게 오래 걷는 것에 익숙하지 않은 다리가 약간 떨렸다. 나는 정원을 계속 돌아다니며 익숙하지 않게 흔들리는 내 다리를, 구르는 내 발을, 얼굴에 닿는 공기의 움직임을 음미했다.

밤새도록 잔디밭을 뱅뱅 돌기만 해도 행복할 것 같았다. 그러나 집 뒤쪽 울타리 너머에 가로등이 숨어 있기 때문에 즐거움을 신중하게 다루어야 했다. 그래서 나는 정원을 몇 바퀴 돈 다음 집 안으로 돌아갔다. 다음 날 하루 종일 나는 다시 시험해볼 수 있는 밤을 간절히 기다렸다.

빗속에서

며칠 뒤, 밤 산책을 하러 정원에 나갔더니 비가 내리고 있었다. 모자를 쓴 머리 꼭대기에서 장화를 신은 발끝까지 설명할 수 없는 전율이 흘렀다. 잔디밭 끝에 엉거주춤하게 서자 절반쯤 잊고 있던 이 기막힌 기쁨을 향해 굶주린 감각들이 열렸다. 뒤쪽 홈통에서 평평한 온실 지붕으로 빗물이 폭포수처럼 떨어지고 있었다.

비는 세로 홈통을 따라 콸콸 흘러 하수구로 내려가고 있었다. 나는 비를 맞으며 몸을 흠뻑 적셨다. 어린 나무처럼 물을 흠뻑 받아들였다. 내가 나만의 삶으로 돌아온 것을 환영하며 세상이 입을 맞춰 주는 것 같았다.

우리 집 뒤쪽 울타리를 따라 난 작은 계곡 맞은편에는 키 큰 나무들이 합창단처럼 늘어서 있는데, 바람에 맞추어 우아하게 팔을 흔들고 있었다. 정원에는 헝클어진 거대한 머리처럼 배배 꼬이고 머리가 산발인 벚나무가 거뭇한 나뭇잎이 핀 괴상한 가지들을 묘한 각도로 미친 듯이 뻗고 있었다.

빗줄기가 내 뒷목의 틈을 찾아 조금씩 조금씩 안으로 들어와서 시원한 물줄기가 되어 척추골을 타고 흘러내렸다. 빗방울이 안경 렌즈를 얼룩덜룩 더럽히고 얼굴을 간질였다. 나는 비를 더 많이 맞으려고 고개를 들었다가 콧구멍에 비가 들어가는 바람에 숨을 헐떡거렸다. 깜짝 놀라기는 했지만 콧속으로 들어간 빗물은 수영장이나 바다에서 들이마셨던 물과 달리 순하고 달콤했다.

잔디밭을 뱅뱅 돌기 시작했다. 긴 실크 치마 아래쪽이 점점 더 축축해지더니 정강이에 감겨서 발이 걸리고, 허리의 고무 밴드를 묵직하게 잡아당겨서 치마가 엉덩이를 따라 가차 없이 내려갔다. 급히 치마를 잡아 올렸지만 실크 주름이 푹 젖어서 금방 다시 흘러내렸다. 나는 19세기 소설 속의 여주인공이 긴 치마를 두르고 시골 길을 걸어 다니는 것이 얼마나 불편했을까 생각하며 혼자 웃었다. 그러다 나는 집 안으로 들어가며 신이 나서 피트에게 말했다.

"비랑 얘기 나누고 왔어."

나는 연못에 들어갔다 나온 개처럼 부엌에 서서 물을 줄줄 흘리고 숨을 헐떡거렸다.

"그래, 그렇게 보이네."

피트가 넉넉한 웃음으로 나의 귀환을 축하해 주지만, 비를 대하는 그의 태도는 늘 그렇듯이 별로 낭만적이지 않았다. 우리가 알게 된 지 얼마 안 되었을 때 엑스무어로 휴가를 갔는데, 거의 내내 비가 내렸다. 실처럼 굵은 비가 세차게 쏟아져서 우리는 센 물줄기로 샤워를 한 것처럼 흠뻑 젖고 말았다.

비가 오지 않을 때에도 하늘은 울적하고 컴컴한 회색이었다. 나는 시골에 왔으니 최대한 즐겨야 한다며 흠뻑 젖은 황야로 산책을 가자고 우겼다. 피트는 방한 점퍼로 온몸을 감싸고 걸어 다니면서 뚱하게 단답형으로만 말을 했고, 술집이나 찻집에서 잠시 비를 피할 때면 날씨에 대해 끊임없이 불평했다. 나는 그의 이런 태도가 너무나도, 관계를 위협할 정도로 지루하다고 생각했고, 결국 우리는 그 문제에 대해 이야기를 나누었다.

피트는 날씨에 집착하는 것이 사진과 큰 관련이 있다고, 하늘이 계속 푸르렀다 해도, 그렇게 많이는 아니었겠지만, 똑같이 불평했을 것이라고 설명했다. 풍경 사진을 찍는 사람이 간절히 원하는 것은 좋은 빛이었다. 구름과 태양이 뒤섞인 하늘에서 내리쬐는 빛 말이다. 말하자면 날이 저물면서 구름이 살짝 흩어지고 산비탈의 바위에 내리쬐는 따뜻한 살구색 빛, 또는 폭풍 치는 하늘 아래 외로운 나무에 우연히 떨어지는 한 줄기 빛 말이다.

나는 술집 탁자 너머로 피트를 보면서 갑자기 뭔가를 깨닫고 이렇게 말했다.

"당신은 좋은 빛을 위해서라면 악마에게 영혼이라도 팔 것 같네."

그러자 존경할 만한 시민이자 자선단체의 후원자이며 규칙을 잘 지키는 피트가 말했다.

"그거 진짜 진지하게 생각해 봐야겠네."

천문학

어느 날 저녁, 나는 정원에 산책 나갔다가 씻은 듯이 깨끗하고 서늘한 하늘을 향해 고개를 들고 별들을 바라보았다. 런던에서는 하늘과 빛이 뒤죽박죽으로 섞여 있을 때가 많다. 창문, 가로등, 전조등, 광고판과 도로표지판, 이 모든 것들 때문에 빛이 연기처럼 위로, 바깥으로 새나갔다. 그래서 내 머리 위에서 무엇이 지나가는지 알아차릴 시간이 없었다.

이제 나는 매일 밤에 별을 만나러 나가고, 구름 때문에 별이 우리의 데이트 약속을 지키지 않으면 실망했다. 나는 매번 조금씩 다른 곳에서 시작해서 동쪽에서 서쪽으로 밤 여행을 하며 하늘을 가로지르는 별들의 느릿느릿한 꼬리를 밟았다. 별을 본다는 것은 아주 커다란 손이 조심스럽게 들고서 천천히 돌리는 거대하고 텅 빈 공 안에 서있는 것과 같다.

나는 별자리를 하나 알고 있다. 산뜻한 대각선을 이루는 오리온의 허리띠별 3개와 대충 사다리꼴을 이루는 팔다리별 4개를 알아본다. 피트는 어렸을 때 별을 열심히 관찰했기 때문에 나보다 훨씬 더 많이 알고 있다. 계단 밑 벽장에는 그의 낡은 망원경이 아직도 있을 정도로 그는 별에 대해 많이 알았다.

어느 날 밤 피트가 나와 함께 정원으로 나와서 내가 자랑스럽게 오리온을 가리키는 것을 너그럽게 지켜본 다음, 오리온자리의 다른 색 별을 가리켰다.

"왼쪽 꼭대기의 별을 봐, 다른 별들보다 더 주황색이지? 저것은 베텔게우스야. 적색 거성이라서 비교적 나이가 많고 차가워. 그리고 오른쪽 아래의 대조적인 별은."

"훨씬 더 파랗네."

"젊은 별이라서 그래, 훨씬 더 작고 더 뜨겁지. 저건 리겔이라고 해."

"와, 자세히 보니까 진짜 색깔이 다르네. 그런데 있잖아, 별을 보다가 목이 삐뚤어질 것 같아. 밤하늘 관측용으로 각도를 맞춘 지지대라도 있어야겠어."

피트가 나를 받치고 어깨를 잡아 별들을 바라보게 했다.

"허리띠 밑에 저 흐릿한 것은 뭐야?"

"그건 오리온 성운이야, 별들의 탁아소지."

"탁아소라니?"

"새로운 별이 형성되는 지역이야. 기본적으로는 가스와 먼지의 거대한 구름덩이들이지. 허리띠 오른쪽에서 왼쪽으로 쭉 따라가봐……."

"응, 따라갔어……."

"시리우스가 나와. 지평선 쪽으로 꽤 낮게 떠있는데, 북반구 하늘에서 제일 밝은 별이야."

"찾았다! 우와, 엄청 반짝거리네."

그 후 몇 주 동안 하늘이 맑은 날이면 피트가 별을 찾는 방법을 가르쳐 주었다. 우리는 각각의 달의 천문도와 유명한 천문 현상 목록이 실린 천문력을 구입했다. 나는 쌍둥이자리에서 제일 밝은 두 별인 카스토르와 폴리데우케스, 불길한 붉은 눈을 가진 황소자리, 하늘이 아주 맑아서 제일 희미한 별 3개가 게의 얼굴을 그릴 때에만 보이는 게자리, 강인한 발과 갈기, 꼬리가 황홀할 정도로 사자를 닮은 사자자리 찾는 법을 배웠다.

나는 경이로움에 굳어 버렸다. 점성술을 믿은 적은 없지만 너무나 익숙한 이름들이 잡지 뒷면에서 튀어나와 내 작은 하늘에서 살아나는 것을 보자 정말 기뻤다. 연결되어 있는 느낌, 별들이 아니라 우리 선조들과 강력하게 연결된 느낌이 들었다.

계몽주의 시대와 중세, 아라비아와 그리스 로마 시대, 바빌론과 고대 이집트 문명을 지나서, 처음으로 얼굴을 들고 지금과 똑같이 신기하게 움직이는 하늘의 장식을 보고 그것들을 이해하려는 충동을 느낀 최초의 진화하는 의식에 이르기까지, 수천 년에 걸친 선조들이 내 등 뒤에 길게 줄을 서서 빈틈없이 구불구불 이어져 있는 느낌이었다. 우리는 비교할 수 없을 만큼 더 좋은 장비를 가지고 있지만 아직도 모르는 게 많았다.

어느 날 밤 피트가 계단 밑 벽장에서 망원경을 꺼냈다. 그는 잔디밭에 길게 받침대를 놓고 망원경을 올린 다음 나비 모양 너트와 나사로 고정시켰다. 그런 다음 내가 등이 뒤틀리는 끔찍한 각도로 몸을 구부려서 차갑고 축축한 땅에 무릎을 살짝 대고 피트가 각도를 맞추어둔 망원경을 들여다보니, 우주의 빛나는 오렌지처럼 번쩍이는 목성이 보였다. 더구나 그것은 혼자가 아니었다.

더 작은 원반들이 주변에 모여 있다. 목성의 가장 큰 위성 4개 중 3개인데, 나머지 하나는 거대 혹성인 목성 뒤쪽에 있어서 보이지 않았다. 그것은 바로 갈릴레오 위성이었다. 이 위성은 가지각색의 거대하고 기이한 위성들, 수성보다 큰 칼리스토와 가니메데, 그보다 아주 약간 작은 유로파와 이오로 이어져 있다.

이것은 1610년에 갈릴레오가 망원경으로 목성을 보다가 발견한 위성이었다. 그는 흥미를 느껴 여러 번 관측했고, 그 결과 이 원반들이 행성 주변에서 궤도를 그리며 도는 분명한 위성임이 밝혀졌다. 이렇게 해서 갈릴레오는 아리스토텔레스 우주론의 주요 믿음 중 하나를, 모든 천체가 지구 주변을 돌고 있다는 주장을 반박할 수 있었다.

경련이 일어나는 목에서 축축한 무릎까지 전율이 지나갔다. 잠시 동안 나는 갈릴레오가 되어서 그 작은 점들을, 신비로운 신세계를, 인간의 눈으로는 처음 보는 기분을 느꼈다. 그것은 애수와 경외감이 뒤섞인 이상하고도 덧없는 일체감, 끝없는 인간의 경이로움과 짧은 인간의 삶을 이해하는 순간이었다.

계속된 회복

어두운 정원으로 나가는 자유 다음, 즉 네 번째 단계는 집안일을 하는 것이었다. 나는 주방 구석의 작은 램프를 전자레인지 뒤에 놓아서 빛을 더 약하게 만든 다음 그 불빛에 의지하여 손가락 끝을 베지 않도록 조심조심 칼을 휘두르며 식사와 생선, 채소를 준비했다. 내가 직접 저녁 식사를 준비하고 있는 것이었다. 퇴근하고 돌아온 피트가 열광하며 말을 했다.

"당신이 식사 준비를 할 정도로 건강해지다니, 진짜 좋다. 사람이 먹을 만한 걸 먹어야지, 안 그래?"

피트는 그동안 요리를 많이 해야 했지만, 더 좋아하게 되지도 더 능숙해지지도 않았다. 그가 식탁 의자에 앉아서 식사 준비를 하는 나를 지켜보았다. 나는 중국식 생선찜을 만들고 있었다. 피트가 말했다.

"요리는 내게 너무 스트레스였어. 그런 음식을 먹어 주는 일도 스트레스였을 거야."

두런두런 얘기를 하다 보니 어느새 저녁 식사가 완성되었다. 피트는 별로 뛰어나지도, 그렇다고 너무 형편없지도 않은 요리를 정말 맛있다며 열심히 먹었다. 그게 설령 진심이 아닐지라도, 나는 감사한 마음 때문에 잠시 울컥했다.

다섯 번째 단계는 위험하지만 정말 해보고 싶었던 것이다. 나는 부츠를 신고, 모자를 쓰고, 외투를 입고, 이번에는 뒷문이 아닌 현관문을 열고 밤거리로 한 발짝 나가보았다. 누군가 나를 지켜보고 있었다면 이 궤적을 보고 이상하게 여겼을 것이다. 우선 나는 진입로 옆 관목에 바짝 붙어서 걷다가 인도에 도착하면 오른쪽으로 급히 꺾었다. 그런 다음 좌우로 여러 번 길을 건너면서 거리를 정처 없이 걸었다. 자동차가 다가오면 가까운 관목 뒤로 뛰어들고, 관목이 없으면 부리나케 달아났다.

내가 그러는 이유는 간단했다. 우리 동네 주택들은 차고 문 위에 보안등이 달려 있는데, 멀리 돌아가지 않고 도로를 따라 그냥 걷기만 해도 희고 강렬하고 끔찍한 불이 켜진다. 나는 거리의 가로등 불빛 아래를 지나가고 싶지 않아서 가로등 사이를 뱀처럼 구불구불 걸었다. 자동차 전조등이 한 쌍의 쇠창처럼 내 몸을 꿰뚫고 내장까지, 뼈까지 파고드는 느낌이다.

그래서 나는 밤거리를 산책할 때 엔진소리가 다가오지 않는지 끊임없이 주의를 기울였다. 가끔 시동을 켜놓고 기다리는 차가 있거나 잘못해서 보안등이 켜지면 그늘진 곳에서 한참 동안 앞뒤를 살피며 숨어 있다가 집으로 돌아가야 했다.

나는 밤에 아프리카의 숲을 산책해본 적이 없다. 하지만 다양한 위험이 숨어 있고, 커다란 포식자가 없는지 끊임없이 지켜봐야 하고, 조심스럽고 신중하게 나아가야 한다는 점에서 나의 밤거리 산책과 비슷하지 않을까 하는 생각이 들었다.

여섯 번째 단계는 좀 다르다. 나는 기다란 거실의 캄캄한 한쪽 끝에 앉고, 피트는 나와 텔레비전 사이의 안락의자에 앉고, 텔레비전 화면이 비치도록 거울을 조심스럽게 배치한다. 나는 거울에 비친 화면으로 텔레비전을 본다.

텔레비전에 정신없이 빠져들어서 때로는 큰 소리로 웃고, 어느 때는 큰 소리로 욕한다. 거울에 비친 화면만 보는 나는 출연자들의 좌우가 바뀐 모습밖에 몰라서 신문에 실린 그들의 사진을 보면 항상 뭔가 어색할 때가 있다.

일곱 번째 단계는 작지만 아주 중요하다. 나는 실크 치마 아래의 펑퍼짐한 속바지를 딱 달라붙는 검정색 레깅스로 바꿔 입는다. 이건 정말 대단한 스타일 변화로, 그렇게 하면 하반신 만큼은 갑자기 충격적일 만큼 정상이 된 기분이다.

이렇게 조금씩 나아가며 하루하루가 흐른다. 나는 아직 대부분의 시간을 어둠 속에서 전기 목소리를 들으며 보낸다. 하지만 나를 에워싼 껍데기에 구멍이 하나둘 생기고 있다. 아래층으로 내려가서 한 시간을 보낼 수 있다가, 연달아 두 시간을 보내도 괜찮아진다. 천천히, 불규칙적으로, 구멍이 점점 더 커진다.

나는 상태 호전에 도움이 되는 것을 하나 찾았는데, 피트가 인터넷에서 발견한 과학 논문에 언급되어 있었다. 그렇다고 증상의 기복이 완전히 사라진 것은 아니지만 모든 단계에서 고통이 완화되었다.

그것은 바로 베타카로틴beta-carotene 이다. 베타카로틴은 매우 강력한 항산화제로, 빛이 피부에 일으키는 손상을 부분적으로 완화시키기 때문에 여러 가지 광선과민증상에 사용된다.

영국 포르피린증 협회의 어느 회원의 말에 따르면 아주 많이 섭취해야 효과를 볼 수 있다고 한다. 나는 하루에 스무 알을 먹었다. 일일 권장량의 약 100배 정도이고, 인터넷에 간이 손상될 수 있다는 모호한 암시가 많아서 사실 복용을 시작하기 전에 약간 머뭇거렸다.

나 같은 경우에 베타카로틴을 섭취하는 것이 적절한지, 또 어떤 점을 주의하거나 지켜봐야 할지 확실한 의학적 소견을 구하려 했지만 누구도 절대적인 의견을 제시할 준비가 되어 있지 않았다. 결국 나는 잃을 게 별로 없다는 판단을 내렸다.

부작용이 하나 있는데, 베타카로틴을 복용을 시작하고 곧 피부가 약간 주황색으로 변했다. 그래도 나는 신경 쓰지 않았다. 내가 갇혀 있는 암흑의 감옥에서 벗어날 수만 있다면 그 무엇도 두렵지 않았다.

여행

다음 달 초에 피트가 비즈니스 때문에 갑작스럽게 닷새 동안 집을 떠나게 되었다고 전했다. 나는 한탄했다.

"피트, 당신 출장 갔다 오면 보름 후에 또 스카이 섬으로 휴가 떠나잖아."

피트는 사진 여행 전문회사에서 기획한 스코틀랜드 섬 사진 여행을 예약했었다. 회사에서 참가자들을 미니버스에 태워 좋은 곳을 전부 돌고, 사람들은 버스에서 뛰어내려 마음에 드는 장소를 골라 장비를 설치할 것이었다.

"그러면 다들 똑같은 사진을 찍는 것 아니야?"

피트가 여행에 대해 처음 설명해 주었을 때 내가 이상하다는 듯이 물었지만, 그는 그렇지 않다는 듯이 머리를 흔들었다. 나는 피트가 없는 동안 다른 사람들이 와서 나와 함께 지낼 수 있도록 힘들게 준비해 두었다. 그런데 이제 다시, 그것도 더 짧은 시간 내에 같이 지낼 사람을 구해야 하다니 이건 쉬운 일이 아니었다. 내가 곧 울어버릴 듯이 물었다.

"꼭 가야 해?"

"음, 가야 돼. 너무 늦게 알려줘서 미안하지만, 내가 어떻게 할 수 있는 문제가 아니었어. 회사에 다니다 보면 가끔 있는 일이야."

"하지만 왜 꼭 당신이어야 해? 상사들은 당신이 돌봐야 할 사람이 있는 거 몰라? 그러니까, 당신한테 아픈 아이가 있거나 그렇다고 생각해봐……."

피트는 시선을 피했다. 물론 그는 회사에다 아무 말도 하지 않았을 것이다. 또는, 아주 대충만 말했을 것이다.

"음, 그렇게 말할 수도 있겠지만, 난 별로 그렇게 하고 싶지 않아. 아무튼 예전보다 좋아졌잖아."

사실이다. 사고만 없고 먹을 것만 준비해 두면, 그리고 설거지를 언제 어떻게 할지 독창적인 방법만 생각해 내면(부엌의 싱크대는 남쪽으로 난 창문 쪽이라 내가 함부로 접근할 수 없다) 사실 돌봐줄 사람은 필요 없다. 내게 필요한 것은 더 추상적이고 막연한 것, 즉 곁에 있어줄 사람, 내가 암흑 속으로 들어가야 할 때 가끔 같이 들어가줄 사람이다. 내 상황을 이해하고 신경 써서 정해진 습관을 지켜줄 사람, 내가 방을 나가서 문을 닫을 때까지 기다렸다가 불을 켜는 사람 말이다.

다음 날 오후에 나는 뱃속에서 냉기를 느끼며 엄마에게 전화를 건다.

"엄마, 피트가 여행을 가면 엄마가 와야 하는 거 알죠?"

"아, 그럼. 걱정 마. 다이어리에 적어 놨고 수업도 옮겼어.

다 준비해 놨어. 다음 주 초에 갈 거야. 그리고 네 동생이 목요일 밤이랑 금요일에 갈 거고, 주말에는……."

나는 엄마의 말을 중간에 자를 수밖에 없었다. 내가 걱정하는 것은 그게 아니기 때문이었다.

"엄마, 그런데…… 그런데, 피트가 여행가기 2주 전에 닷새 동안 출장을 가야 한대요."

"뭐? 다음 달 6일부터 10일까지 말이야?"

"네."

너무 미안한 나머지 내 목소리는 잦아들었다.

"조금 더 일찍 알려 주면 좋았을걸. 학생들 시험도 있고, 14일에 독주회도 있단다. 네 동생이 갈 수 있을지도 모르지만, 다른 사람은 없니?"

그게 문제였다. 나는 이런 상황이, 다른 사람에게 부탁하고 애원해야 하는 상황이 정말 싫었다. 그런 상황이 되면 그 어느 때보다도 빨리 내가 완전한 실패작이라는 느낌이 들기 때문이었다. 다음 날 피트가 퇴근하고 돌아와서 물었다.

"어머니랑은 어떻게 됐어?"

나는 절망적으로 머리를 흔들었고, 그 순간 눈에 눈물이 차올랐다.

"혼자 알아서 지내는 게 나을 것 같아. 혼자 할 수 있을 거야. 그래도 출장이랑 당신 휴가가 그렇게 붙어 있지만 않으면 좋았을걸."

"나한테 휴가가 필요한 거 알잖아. 아니면 당신을 때릴지도 몰라."

물론 피트가 나를 때리지 않겠지만, 무슨 말을 하려는 건지 알았다. 피트는 자신의 감정을 별로 드러내지 않았다. 그는 오히려 식탁이 끈적거리거나, 내가 거실에 종이와 책, 우편주문 포장을 늘어놓아서 화가 나면 모를까 나에 대한, 혹은 우리 상황에 대한 분노나 좌절은 거의 드러내지 않았다.

하지만 분명한 사실은 나로 인해 생긴, 또는 자신이 선택한 삶에 대해 어딘가에서 해소해야 했다. 그는 멀리 떠나서 뭔가를 해야 했고, 나는 피트가 그렇게 하도록 배려해 줘야 했다.

피트의 여행은 어찌 보면 나에게도 짧은 휴가였다. 다른 사람들이 우리 집에 와서 지낸다는 것은 내가 평소와는 다른 식사를 할 수 있다는 뜻이었다. 피트가 좋아하지 않는 마늘과 양념을 쓰고, 저녁을 더 늦게 먹고, 가끔은 설거지를 전부 미루는데, 이건 피트에게는 체질적으로 불가능한 일이었다.

아무튼 그렇게 피트는 출장을 갔다 온 뒤 2주 후에 다시 휴가를 떠났다. 엄마나 남동생은 오지 못했지만, 나는 방문 요가 강습을 해주는 선생님에게 연락해서 며칠 동안은 오전에 와달라고 요청했고, 전화 친구 두 명에게 전화를 걸어 달라고 청해서 약속을 받았다.

피트가 매일, 가끔은 하루 두 번 이상 전화를 했다. 어느 날 밤, 그가 말했다.

"저 소리 들려? 나 지금 바다 바로 옆에 있어."

수화기 너머로 거인의 묵직한 호흡처럼 규칙적으로 밀려오고 밀려 나가는 소리가 들렸다. 나는 그곳으로 순간 이동을 했다.

회복의 지속

다음 단계, 그러니까 여덟 번째는 한계를 넘는 것이었다. 나는 해 질 녘에 밖으로 나가서 어둡지 않은 세상을, 옅은 회색을 칠한 세상을 처음으로 흘깃 바라보았다.

아홉 번째 단계로 나아가려면 장비가 필요했다. 인간의 눈은 상황에 아주 순간적으로 반응하기 때문에 빛의 절대적인 강도를 판단하기에는 별로 좋지 않다. 나는 조금 더 일찍 나가서 세상의 색깔이 다 빠지기 전의 모습을 보고 싶었다. 하지만 계절도 하늘도 계속 변하는데 내가 노출되는 빛의 양을 어떻게 계산할 수 있을까?

피트의 사진 취미에 내가 고마워할 일이 하나 더 생겼다.

"당신한테 필요한 건 조도계야."

조도계란 조명도를 측정하는 기구를 말한다. 피트가 이렇게 말하더니 사진 장비를 판매하는 웹사이트에서 조도계를 주문해 주었다. 조도계는 손바닥만 한 검정색 직사각형 기기로, 한쪽 끝에 빛을 측정하는 흰색 반구가 있고 수치가 나타나는 디지털 화면이 있다.

피트가 바보도 쓸 수 있을 만큼 쉬운 모드로 설정해 놓았기 때문에, 내가 일부러 마음먹지 않는 한 실수를 할 수도 없었다. 이제 나는 과학적이고 객관적인 측정이라는 완전히 새로운 세계의 문을 열었다.

"햇빛이 딱 적당한 때 나갔다 왔어."

해가 진 직후에, 하지만 세상이 무채색으로 변하기 전에 정원에 나갔다 온 나는 피트에게 행복하게 말했다. 때마침 6월 초이므로, 나는 주황색 양귀비와 분홍색 장미, 꿈틀거리는 초록 뱀 같은 토마토 화분을 볼 수 있었다. 색채가 석궁 화살처럼 내 망막을 때렸지만 그것은 달콤한 고통이었다.

나는 조도계에서 쓰는 특이한 단위를 배우게 됐다. f1(거의 깜깜함)부터 f1.4, f2, f2.8, f4(가로등이 켜졌을 때 정도의 밝기), f5.6, f8(하늘이 아직 맑고 태양이 지평선 바로 위에 떠 있을 때 정도의 밝기)이 있다.

피트는 한 단계 올라갈 때마다 빛의 양이 두 배가 되므로 신중하게 단계를 올려야 한다고 설명해 줬다. 또 내가 너무 흥분할까봐 정오의 조도는 f200 이상이라고 지적했다. 지난번에 내가 저녁 때 밖에 나갔을 때의 조도는 f8이었다.

지금 나는 낮의 끄트머리에서 안쪽으로 조금씩 갉아 들어가며 걸음마를 하고 있는 것이었다. 하지만 어쨌든 내 상태가 얼마나 좋아졌는지 측정할 방법을 찾았기 때문에 신이 났다. 나는 외출했을 때의 조도를 매일 밤 다이어리에 기록했다. 사람들이 어떻게 지내냐고 물으면 다짜고짜 '어제는 f8을 해냈는데 다음 주에는 f16을 해보고 싶어!'라며 남들이 알아듣지도 못할 기술적인 이야기를 했다.

내 다이어리에는 일주일 단위로 1년 동안의 일출과 일몰 시각을 알려 주는 유용한 페이지가 있다. 내가 몇 시쯤 산책 준비를 시작해야 하는지 알 수 있기 때문에 무척 유용하다. 나는 인간의 시간이 아닌 행성의 시간에 따라 황혼을 쫓는 사람이 되어서 태양 주변을 맴도는 지구의 움직임을 추적했다.

나의 황혼은 계속 자리를 옮기고, 그 시간에 무엇을 보는지는 낮이 느릿느릿 움직이는 동공처럼 작아지고 커짐에 따라 계절별로 달라졌다.

겨울에는 목도리를 감고 모자를 쓰고서 학교에서 집으로 돌아가는 아이들과 마주쳤고, 춘분이나 추분에는 자동차로 통근하면서 교외의 집으로 돌아오는 사람들과 마주쳤다. 4월과 8월에는 드라마 시간대와 겹치기 때문에 바깥을 돌아다니는 사람이 거의 없고, 집집마다 거실 벽이나 모서리에서 거대한 텔레비전 화면들이 꽃처럼 피어났다. 그렇게 나는 계절의 변화를 온몸으로 느끼며 거리를 맘껏 걸어 다닐 수 있었다. 이 모든 건 예전에는 꿈도 꿀 수 없었던 변화였다.

조우

어느 날 조도계가 f8을 가리킬 때 저녁 산책을 나갔다. 나는 우리 집 근처를 어슬렁거리다 길을 건너서 탁 트인 곳으로 갔다. 우리 동네를 가로지르는 콘크리트 수로에 냇물이 흐르는데, 건설업자들이 수로 양옆의 넓은 풀밭, 띄엄띄엄 서있는 나무와 산사나무 덤불을 그대로 두었기 때문에 그 전체가 일종의 작은 골짜기가 되어서 사람들이 산책을 하거나 개를 산책 시키거나 아이들이 자전거를 탔다.

냇물 옆길로 접어들던 나는 깜짝 놀라 걸음을 멈추었다. 거기 지평선 바로 위에, 살색 구름을 물들이는 짙은 심홍색이, 활

활 타오르는 거대한 눈이 있었다. 나는 어둠 속으로 들어간 후 처음으로 태양을 마주 보고 있었다.

내가 태양을 보고, 태양이 나를 보았다. 설명할 수 없는 뭔가가 우리 둘 사이를 오갔다. 그건 아주 오랜 숙적과의 첫 번째 교섭과 같았다. 옛 연인을, 가슴을 아프게 한 연인을 몇 년이나 흐른 뒤에 길에서 우연히 마주치는 것과 같았다.

테러리스트와 협상을 하려고 마주 앉아서 두 사람이 어쩔 수 없이 한배를 탔음을, 타협안을 찾아야 한다는 사실을 의식하면서 테이블 너머로 살인자의 눈을 바라보는 것과 같았다. 나는 시냇물 옆길에 서서 지평선을 향해 손을 뻗었다. 그리고 말했다.

"안녕, 태양."

단어

crepuscular [형용사]

1. 황혼의 2. (동물학) 해뜨기 전이나 해 질 녘에 나타나거나 활동하는

내가 해뜨기 전이나 해 질 녘에 활동하는 동물이 되었음을 깨닫는다. 사슴, 토끼, 쇠부엉이를 비롯한 여러 동물과 같은 특

징을 갖게 되었음을 깨닫는다.

명소

런던에서 자란 나는 뉴포레스트 국립공원에 가본 적이 한 번도 없었다. 어렸을 때 우리 가족은 주로 등산을 다녔기 때문에 나는 휴가나 여행이라고 하면 숲속의 어두컴컴한 즐거움보다는 고생스럽게 산에 올라서 높은 곳에서 세상을 내려다보는 걸 연상하게 되었다.

그러나 햄프셔에서 어둠 속에 갇혀 있다가 밖으로 나오니 뉴포레스트가 여행을 하기 좋은 곳 같았다. 가기도 쉽고, 나무 그늘 덕분에 빛에 더 적게 노출될 수 있었다. 거기라면 탁 트인 시골에서보다 해 질 녘 산책을 더 일찍 시작해서 해가 진 다음에도 더 늦게까지 바깥에 머물 수 있을 것 같았다.

나는 고목나무의 울퉁불퉁한 허리, 강렬한 개성, 산전수전을 다 겪은 듯한 멋진 모습에 감동했다. 담쟁이덩굴 줄기가 나무둥치를 감싸고, 넓게 뻗은 가지에는 겨우살이가 매달려 있으며, 몰스킨 천처럼 매끄럽거나 가짜 모피처럼 부숭부숭한 이끼들이 주름진 나무 표면에서 군데군데 근사하게 자랐다. 엄청나게 큰 버섯들이 보석처럼 드문드문 박혀 있기도 했다.

화려하게 장식한 거대한 나무들이 띄엄띄엄 서있는 광경은 정말 장관이었다. 작고 어린 나무들이 거대한 나무들 사이에서 자라고 있었지만, 딱 봐도 어르신들의 모임에서 보조 역할을 하는 부하들에 지나지 않아 보였다. 큼지막한 나무의 발목 근처에서 어슬렁거리다 보니 피트와 나는 추기경들의 교황 선출 회의에서 회의실을 가로지르는 고양이만큼이나 하찮은 존재 같았다.

나무들도 서로 의논할 일이 있을 것이다. 나는 떡갈나무들이 서로 협력하는 신기한 일을 들은 적이 있다. 쥐는 떡갈나무 열매를 먹고 사는데, 몇 년 동안 풍작이 거듭되자 쥐의 개체수가 폭발적으로 늘어나서 떡갈나무의 도토리가 쥐를 피해 무사히 싹을 틔울 확률이 줄어들었다.

그러자 어느 해에 떡갈나무들이 열매를 하나도 맺지 않고, 수많은 쥐가 먹이를 찾지 못해 굶어 죽었다. 그렇게 쥐를 추려낸 다음 해에 도토리가 다시 등장했다고 한다.

해뜨기 전이나 해 질 녘에 활동하는 일상은 이상한 오해로 이어질 수 있다. 피트와 나는 황혼이나 새벽에만 뉴포레스트에 가기 때문에 주로 조랑말을 우연히 마주칠 뿐, 다른 사람은 거의 보지 못했다. 나는 인적이 드물기 때문에 나무의 강렬한 존재가 더욱 놀랍다고 피트에게 말했다. 그가 대답했다.

"우리가 다른 사람들처럼 낮에 이곳에 오면 사람들로 바글바글할 거야."

"그렇겠지."

"여기는 많은 사람들이 찾는 명소잖아. 여기 이렇게 텅텅 빈 주차장만 봐도 알 수 있잖아."

낮에 이곳을 찾는 많은 사람들을 위해 주차장은 그 어느 곳보다도 커야 할 것이다. 피트가 말하는 명소라는 단어의 의미를 이해할 것 같았다.

모티스폰트Mottisfont

나는 항상 해 질 녘에 할 만한 일을 찾는다. 적당한 거리에 있는 새로운 숲길, 너무 일찍 시작하거나 관객에게 조명을 너무 많이 비추지 않는 야외 콘서트와 연극 같은 것 말이다. 그러자면 검색을 많이 해야 한다. 어느 날은 인터넷을 뒤적거리는 나에게 피트가 말했다.

"모티스폰트를 찾아봐. 담장에 둘러싸인 장미 정원이 있는데, 장미가 한창인 한여름에는 보고 싶어 하는 사람이 너무 많아서 2주일 정도 늦게까지 문을 열거든."

나는 여행 안내서를 열심히 뒤적였다. 모티스폰트는 리버

테스트 계곡에 있어 여기서 그리 멀지 않았다. 모티스폰트의 장미 정원은 세계적으로 유명한데, 꽃의 모양이나 수명을 개량하기 위해 향기를 희생시키지 않은 구식 품종들인 게 특징이라고 한다.

개장 시간표를 살펴보니 정말 2주일 동안은 저녁 8시 30분까지 문을 열었다. 그러나 다이어리에서 일몰 시각을 찾아보니 별로 좋지 않았다. 하지가 되면 태양은 적어도 9시 20분은 되어야 무대에서 내려간다. 지금 나는 해가 지기 30분 전쯤 나갈 수 있는데, 그렇다면 어딜 가든 8시 50분부터 나갈 수 있다는 뜻인데 정원은 그보다 20분 전에 이미 문을 닫는다.

나는 모티스폰트가 너무나 가깝지만 너무나 멀다고 슬프게 생각하면서 내 눈으로는 결코 보지 못할 장미를 상상했다. 그러다 나보다 피트에게 더 신경이 쓰였다. 피트는 아직 혼자서 해야 할 일이 너무 많았다. 나는 이 기회에 우리가 함께 즐길 수 있는 특별한 행사를 그에게 선물하고 싶었다.

그래서 나는 모티스폰트에 편지를 썼다. 내 상황을 설명하고 우리가 정원에 조금 더 늦게 들어갈 수 있는 가능성이 전혀 없는지 물어본 다음 이러한 불편을 끼친 것에 대해서, 또는 직원의 초과 근무에 대해서 돈을 지불하겠다고 제안했다.

나는 5월 초에 편지를 보내면서 거절의 답장을 받을 게 뻔하다고 생각했다. 하지만 6월 중순에 어느 여자에게서 전화가 왔다.

"연락을 늦게 드려 죄송해요. 장미가 피는 계절에는 정말 바쁘거든요. 좋아요, 늦게 오셔도 돼요. 아홉 시부터 열 시까지 정원을 개방해 드릴게요. 추가 요금은 내실 필요 없어요."

"아, 정말 멋져요! 정말 고맙습니다."

그렇게 해서 약속한 날짜에 우리는 길고 무더운 하루가 끝날 때쯤 마지막 남은 자동차들이 흩어지는 주차장에 도착했다. 공기는 후덥지근했지만, 밤이 시원한 덩굴손을 뻗기 시작하고 있었다.

곧 젊은 여자가 열쇠를 들고 나타나서 우리를 모티스폰트 안으로 들여보내 주었다. 우리들 세 사람은 졸졸 소리를 내며 흐르는 강 위의 돌다리를 건너고, 저택 북쪽 문과 마구간을 지나고, 거대하고 당당한 나무들이 늘어선 길을 따라서 담장으로 둘러싸인 정원에 도착했다.

높다란 담장은 정말로 다양한 색깔의 낡은 벽돌로 이루어져 있고 지는 해가 이 모든 것에 금빛을 입혔다. 황갈색, 연보라색, 복숭아색, 그리고 크림색……. 그녀가 담장 문을 열고, 우리가 들어가도록 팔을 뻗어 잡아 주었다.

안으로 들어간 순간, 꽃향기가 우리의 얼굴을 강타했다. 마치 우리가 대기를 빠져나와서 눈에 보이지 않는 연기 같은 수천 가지 향기를 느슨하게 엮어서 만든 새로운 물질 안으로 들어가는 기분이었다.

바깥세상보다 담장 안 정원의 압력이 높은 것처럼, 우리가 안으로 밀고 들어가자 피부에 저항이 느껴졌다. 그리고 기온도 점점 더 따뜻해졌다. 젊은 여자가 말했다.

"즐거운 시간 보내세요! 열 시쯤 정문에서 만나요."

그녀가 문을 닫자 마법 같은 무지개 정원에 우리 둘만 남겨져서 고요하고 엄청난 향기를 풍기는 정원의 주인이 되었다. 여기서 성냥불을 붙이면 위험할지도 모른다. 전부 폭발할지도 모른다. 그런 생각이 들었다.

우리는 천천히 주변을 둘러보았다. 담장을 따라 넓은 화단이 있고, 그 뒤로 넝쿨이 담장 벽돌을 타고 올라 넓게 펼쳐져 있었다. 정원의 대부분은 기하학적인 꽃밭이고, 사이사이에 긴 곧은길이 나 있었다. 어떤 길을 따라가면 장미가 타고 올라 두텁게 덮인 아치가 나왔다.

길과 길이 교차하는 곳에 둥근 돌 웅덩이가 있고, 가운데에 작은 분수가 보였다. 물이 조용하게 보글거리는 소리와 꽃들 사이를 지그재그로 날아다니는 때늦은 일벌 소리만 빼면 사방이 너무 고요했다.

장미도 있지만 다른 꽃들도 많았다. 길고 날씬한 꽃대 위로 솟은 백합, 카펫 같은 분홍색 수풀, 초록색과 보라색의 얼룩무늬 호저처럼 깔끔하게 솟은 라벤더 덤불. 갈라지고 감아 오르고 펼쳐진 식물들, 내가 이름을 모르는 식물들, 질서정연하고 깔끔하게 꽃을 피운 식물들, 꽃가지가 땅으로 뻗어 축 늘어진 식물들…….

나는 매끄럽고 복슬복슬한 이파리를 손가락으로 쓸어 보고, 벨벳 같고 실크 같은 꽃잎 깊숙이 코를 묻었다. 꽃밭으로 들어가서 뒹굴고 싶었다. 하지만 참아야 했다.

빛이 노란색에서 보라색으로, 또 파란색으로 서서히 바뀌었다. 정원의 색이 점점 가라앉으면서 점차 분간이 되지 않았다. 사진을 찍던 피트가 카메라를 치우고 내 곁으로 왔다. 우리가 앉아 있는 벤치 옆의 커다란 살구색 장미꽃이 너저분하게 지면서 털이 북슬북슬하고 노란 중심부를 야하게 드러냈다. 가냘픈 귀 모양 꽃잎들이 땅과 풀 위에 흩어져 있었다. 향기가 은밀한 구름을 만들어 우리를 감쌌다. 피트가 말했다.

“단둘이서 볼 수 있다니 정말 운이 좋은 거야. 장미가 피는 계절에는 방문객이 많아서 정말 혼잡하거든.”

정말 수많은 사람들이 지나간 흔적이 남아 있었다. 잔디가 덮인 길은 수백 쌍의 발에 밟혀서 맨땅이 드러나 있고, 어떤 자리에는 삼각형 플라스틱 케이스에 든 샌드위치가 놓여 있었다.

"응, 정말 멋있다."

내가 벤치에 등을 기대고 하늘을 보면서 말했다. 잠시 후, 하늘이 갑자기 눈을 뜬 것처럼 달이 나타났다.

"이건 퇴폐적일 만큼 완벽한 사치야."

하지만 나는 아직도 미세한 고통을 느꼈다. 나는 가끔 수많은 사람 중의 하나가 되어서 군중 속에서 나와 같은 인간과 몸을 맞대고 싶은 때가 있었다. 하지만 이제는 그럴 일은 없을 것이다.

우리는 담장 입구로 어슬렁어슬렁 걸어 돌아와서 현실 세계로 빠져나온 다음 조심스럽게 문을 닫았다. 열쇠를 들고 있는 젊은 여자가 우리를 기다리고 있었다. 피트와 내가 고맙다고 인사하자 집이 멀지 않아서 별일도 아니라고 대답했다.

우리는 차를 타고 별로 어둡지 않은 한여름 밤을 달려 집으로 돌아왔다. 내 눈꺼풀 밑에는 화려한 꽃들의 모습이, 콧속에는 희미한 꽃향기가 아직도 남아 있었다.

모자

나는 원래 모자를 좋아해서 자주 썼는데, 이제 멋진 모자를 사 모을 완벽한 핑계가 생겼다. 몸매를 다듬어야 한다는 생각에 주기적으로 사로잡히는 피트는 몇 년 전에 헬스 사이클을 샀는데, 우리 둘 다 아주 가끔밖에 쓰지 않아서 거실 한구석에 처박혀 있었다.

이제 헬스 사이클이 모자걸이라는 진정한 소명을 찾았다. 모자들이 손잡이에 쌓이고 LCD 디스플레이에 걸려 있고, 엉덩이가 쪼개질 것처럼 불편한 좌석에도 모자 하나가 당당하게 자리를 잡고 있었다.

내가 모자를 사려면 가게에 직접 갈 수 없다는 당연한 어려움 외에도 한 가지 큰 난관이 있었다. 나는 머리가 상당히 크고, 머리카락이 두꺼운 편이다. 그래서 모자가 안 맞아서 머리에 우스꽝스럽게 얹힌 채, 엄마의 표현대로라면 '치즈덩어리 위의 작은 점'처럼 보일 때가 많았다.

나는 카탈로그에 실린 '누구에게나 맞는 프리 사이즈' 모자에 끊임없이 넘어가지만 하나같이 안 맞았다. 그러면 나는 슬퍼하며 모자를 다시 포장해서 피트에게 들려 우체국으로 보내곤 했다. 피트는 우체국에 갈 시간이 토요일 오전밖에 없는데, 그때 가면 줄이 아주 길기 때문에 짜증을 냈다.

피트가 방한 점퍼를 입으며 말한다.

"어차피 맞지도 않는 모자를 살 거면 적어도 반송 서비스를 제공하는 데서 사면 안 돼?"

"하지만 너무 예뻤단 말이야."

"현실을 직시해, 애나. 당신 머리는 평범하지 않아."

피트가 현관으로 쿵쿵 걸어갔다.

얼마 전에 피트의 대녀goddaughter인 여섯 살짜리 소피가 자기 엄마 아빠와 함께, 그리고 더 작고 더 정신없고 더 빨리 움직이는 여동생 해나와 함께 놀러왔다. 우리는 자리에 앉아서 잡담을 나누고 차를 마시며 케이크를 먹었다.

두 아이가 서서히, 보이지 않는 자력에 끌리기라도 하는 것처럼 헬스 사이클 쪽으로 슬금슬금 다가갔다. 손이 닿을 만큼 가까이 간 해나는 누가 보고 있지 않은지 흘끔흘끔 돌아보면서 모자를 하나 꺼내서 썼다.

테가 넓은 갈색 모직 모자에 해나의 머리가 쏙 들어갔다. 해나는 꼼짝도 않고 서서 갑자기 커다란 버섯이 되어 버렸다. 그동안 소피는 분홍색 스카프를 두른 밀짚모자를 골라 쓰고, 벽에 달린 긴 거울에 자기 모습을 비춰 보고 있었다.

놀란 마음을 추스른 해나가 갈색 모자를 벗어던지더니 작은 꽃 장식이 달린 검정색 방수 모자를 발견하고 손을 뻗어 꺼내서 자기 아빠에게 씌웠다. 그러자 집 안에 있는 모두가 모자를 쓰게 되었다. 소피가 나에게 수줍어하며 물었다.

"어느 모자가 제일 좋아요?"

그 말에 나는 곰곰이 생각에 잠겼다. 제일 좋아하는 모자가 무엇이더라? 결국 나는 생강 케이크처럼 짙은 갈색 플러시 천으로 만든 챙 넓은 모자를 골랐다.

"이 모자가 제일 좋아."

내 모자가 집에 놀러온 아이들에게는 인기지만 산책을 할 때에는 유감스러운 단점이 되곤 했다. 개들은 대체적으로 나를 보면 흥분하는데, 특히 모자를 무서워하는 개들이 많았다.

어느 겨울 해질 무렵에 피트와 내가 차에서 내려 눈 쌓인 숲으로 산책을 떠날 준비를 하고 있었다. 그러다 작은 개를 데리고 자동차로 돌아오던 남자를 우연히 마주쳤는데, 개가 챙 넓은 모직 모자를 쓴 나를 보더니 쉬지 않고 짖기 시작했다. 잠시 후 개가 내 목을 겨냥해서 펄쩍펄쩍 뛰어오르며 사납게 짖었다.

다행히 작은 개라서 내 허리 높이까지밖에 뛰어오르지 못했지만, 나는 개암나무 숲을 등진 채 얼어붙어 있었다. 개는 절대로 멈추지 않겠다는 듯이 더욱 맹렬하게 짖으면서 깡충깡충 뛰었다.

"이리 와, 휴고."

괴상하고 지저분한 옷을 입은 주인이 대충 불렀지만 개가 들은 척도 하지 않자, 그가 비난하듯 나에게 말한다.

"모자 때문이에요. 모자가 마음에 안 드나 보네요."

남자의 어처구니없는 반응에 더욱 심장이 쿵쾅거리고 다리가 덜덜 떨렸다. 피트가 개의 주의를 끌려고 애를 썼지만, 개는 멈추지 않았고 남자는 손으로 트렁크를 탁탁 치면서 어서 차에 타라고 부를 뿐 그 어떤 제지도 하지 않았다.

숲속 주차장은 시골 도로 옆 진흙과 자갈이 섞인 작은 땅이고, 우리 말고는 아무도 없었다. 낮게 뜬 태양은 나뭇잎이 다 떨어진 나무들 사이로 길고 노란 빛을 비추고 있었다. 외투를 입은 등에 따뜻한 햇살이 느껴질 정도였다.

이대로 내달려서 도망쳐 볼까 생각했지만 자동차 바퀴와 사람들의 발이 하도 많이 지나다녀서 눈이 딱딱하게 압축되어 미끄러웠다. 나는 자포자기의 심정으로 개를 외면한 채 패배의 의미로 손을 들었다.

개는 그래도 한참을 더 실랑이를 하더니, 어쩔 수 없다는 듯이 주인의 자동차 트렁크에 펄쩍 뛰어올랐다. 남자가 씨익 웃으면서 문을 쾅 닫고 차를 출발시켰다. 나는 모자를 다시 쓰고 피트와 함께 산책을 했지만, 그날의 충격 탓에 그 후 며칠을 어둠 속에서 보내야 했다.

나는 지인들에게 개와 모자에 대해 물어보았다. 개는 내 머리에 뭐가 있다고 생각했을까? 아니면 챙의 그늘 때문에 내 눈이 보이지 않아서였을까? 결국 수수께끼는 풀리지 않았고, 나는 바깥을 나갈 때는 시야의 낮은 곳에서 뭔가 펄쩍거리는 게 나타나면 더욱 경계하게 되었다.

정원

이전의 삶에서 나는 뭔가를 기르는 일에는 별로 흥미가 없었다. 하지만 어둠 속에서 살다가 제한된 빛 속에서 사는 삶으로 돌아온 나는 무언가 할 일을 찾아 주변을 둘러보다가 정원을 발견했다.

사실 식물들에게 물을 줄 때는 해 질 녘이 제일 적당하다. 조도가 f4 이상일 때 나갈 수 있으면 다칠 걱정 없이 안전하게 가지를 치거나 장미를 자를 수 있다. f2의 희미한 빛 속에서 잡초 뽑기를 시도해본 적이 있는데 어둠 속에서 잎 모양을 구별하지 못해서 쐐기풀을 손으로 잡아 버린 적이 있었다.

내가 처음으로 관심을 가졌을 때, 우리 집 정원은 몇 년 동안 피트가 돌보고 있었다. 별로 손이 가지 않는 나무나 관목이 대부분이었는데 가을에 예쁜 색으로 물들거나 봄에 꽃이 많이 피거나 씨앗 모양이 흥미롭거나 등등 전부 사진 찍기 좋기 때문에 고른 것들이었다.

나는 허브 화분부터 시작했다. 그런 다음 화분에 토마토를 키우고 오래된 퇴비 더미에 감자를 심고, 울타리에 자이언트 러시안 해바라기를 심었다. 그런 다음 작은 모종판을 주문해서 샐러드 채소와 딸기를 심었다.

그런데 나는 지식보다 열정이 큰 여자다. 어느 날, 나는 토마토가 익는 것을 흥미롭게 지켜보았다. 곧 즙이 많고 노란 열매가 묵직하게 열렸다. 나는 씨앗 봉투의 사진처럼 토마토가 빨갛게 변할 줄 알고 따지 않았는데, 토마토는 전혀 빨갛게 변하지 않았다. 알고 보니 노란 토마토였다. 그래도 맛은 자두처럼 달콤했다.

블루베리 관목도 심었는데 열매가 열리지 않았다. 친구가 블루베리는 쌍으로 키워야 서로 가루받이를 할 수 있다고 말해 주었다. 그래서 다음 해에 블루베리 관목을 하나 더 구했다. 봄이 되자 잔가지가 나더니 희고 둥글고 화려한 램프 갓처럼 작은 프릴이 달린 꽃이 피기 시작했다. 그래도 처음 심은 블루베리는 꽃을 피우지 않았다. 나는 화원에 전화를 걸어서 물어보았다.

"지금 꽃이 핀 블루베리 있어요?"

있다고 했다. 그래서 나는 피트를 보냈다.

"그 블루베리를 꼭 확보해야 돼!"

우리가 블루베리 화분 세 개를 삼각형 모양으로 배치하자 기적이 일어난다. 블루베리 세 그루가 갑자기 미친 듯이 꽃을 피우고 열매가 잔뜩 열렸다.

나는 열매와 채소를 기르는 것에 왜 이렇게 집착하게 되었는지 분석하려고 애를 썼다. 부분적으로는 경제적으로, 그리고 사회적으로 도움이 되고 싶다는 열망 때문이었다. 내가 월급을 받는 일로 사회에 기여하지는 못하지만 적어도 식량은 재배할 수 있다는 걸 보여 주고 싶었다.

또한 식물은 나 자신 이외에 나의 정기적인 관심을 필요로 하고 돌봐야 하는 대상, 즉 건강을 걱정할 대상이 되어 주고 애완동물이나 손이 많이 가지 않는 아이들을 키울 때처럼 누군가한테 칭찬을 받을 수 있는 일이기도 했다.

무엇보다도 자연의 힘을 내 손으로 느끼는 것이 너무 좋았다. 씨앗이나 줄기에 숨어 있는 응축된 에너지, 위로 밖으로 뻗어서 콘크리트를 깨뜨리고 벽돌을 부수는 어마어마한 잠재력, 태양을 향한 생생한 갈망을 직접 느끼는 것이 좋았다.

그러면 나 역시 자연의 일부이고 내 핏줄에서도 똑같은 힘이 박동하고 있음을 깨닫게 되었다. 그리고 나는 어떤 난관이 있더라도 그 힘이 계속 뻗어 나가서 내 피부의 기형을 고치고 결국은 내가 빛을 볼 수 있게 해주기를 소망했다.

도우미

컴퓨터 사용을 도와줄 사람이 필요했다. 그래서 사인펜으로 작은 카드를 만들었다.

"컴퓨터를 쓸 줄 아세요?"

카드에는 구불구불한 분홍색과 보라색 글자로 이렇게 적었다. 나는 꽃을 몇 개 더 그려 넣고 업무 내용과 내 연락처를 덧붙였다. 피트가 마트에 카드를 붙이고 나서 연락이 많이 왔다. 나는 일주일에 한 번, 두 시간씩 우리 집으로 와줄 괜찮은 중년 여성을 채용했다.

일은 잡다했다. 가끔 문서를 작성하거나 이메일을 보내야 했고, 또 가끔은 광선과민증에 대한 연구 논문을 찾고 싶었다. 그리고 새 모자가 갖고 싶을 때도 있었다.

도우미가 있다는 것은 인터넷으로 뭔가를 해달라고 피트에게 귀찮게 굴지 않아도 된다는 뜻이었다. 피트는 거의 업무 시간 내내 컴퓨터를 들여다봐야 하는 데다가 사진을 찍어도 편집하고 보정하는 등 컴퓨터로 작업할 부분이 많았다.

나는 연락도 쇼핑도 별로 많이 하지 않았다. 이메일은 요점만 간단히 썼다. 인터넷에서 다른 사람들과 즉흥적으로 교류를 하거나 시간이 많이 드는 일을 할 수도 있지만, 도우미에게 돈을 주면서 그런 것을 대신 해달라고 부탁할 수는 없었다.

도우미의 이름은 클레어로 참 멋진 여성이었다. 20대에 결혼을 하면서 일을 그만둔 그녀는 이제 40대 후반이 되었는데, 아주 매력적인 얼굴에 옷도 잘 입었다. 클레어는 키가 작아서인지 여름에는 항상 하이힐을 신고, 겨울에는 카우보이 부츠나 딱 붙는 가죽 부츠를 신었다. 그러다 날이 따뜻해지면 샌들을 신었다.

클레어는 최근에 컴퓨터 교육과정을 마쳤는데, 그래서 내가 바로 그녀의 첫 번째 교육생이기도 했다. 그녀의 집엔 네 아이와 하비라는 개가 있는데, 클레어는 하비를 무척 사랑해서 매일 적어도 두 시간씩은 산책을 시킨다고 했다.

클레어는 내게 온 이메일을 비교적 정확하게 타이핑해서 건네준다. 그녀가 제일 좋아하는 것은 인터넷 쇼핑으로, 특히 장식품이나 옷을 사는 것을 좋아했다. 클레어는 내게 적당한 청재킷이나 여름용 치마를 찾아내어 보여 주었는데, 문제는 그녀가 적당하다고 생각하는 가격대가 나보다 약간 더 높다는 점이었다. 나는 비교적 저렴한 브랜드를 찾는데, 그녀는 유명 디자이너 상표를 할인해서 파는 사이트를 찾아다니는 경향이 있었다.

내 삶의 모든 제약 중에서 클레어가 가장 동정하는 부분은 마음껏 쇼핑을 할 수 없다는 사실이었다. 통신 판매나 온라인 주문에서 팔지 않는 여성용 물품을 사야 할 때 피트에게 의지해야 한다는 사실도 그녀가 안타깝게 여기는 부분이었다.

"남자한테 그런 걸 사서 오라고 시키는 건 말도 안 돼요. 아무리 자세하게 설명해도 남자들은 절대 모르니까요, 그렇지 않아요?"

클레어는 친절하게도 그런 문제를 직접 해결해 주려고 최선을 다했다.

음악

낮 동안 가끔 어둠 속에 있어야 하므로, 나는 나만의 동굴로 돌아와 있었다. 라디오에서 나오는 지독하게 재미없는 코미디 프로그램을 듣고 있자니 미칠 것 같았다. 나는 벌떡 일어나서 라디오 채널을 잡고 세게 돌렸다.

라디오에서 〈발퀴레의 기승〉이 우렁차게 흘러나온다. 이 곡은 리하르트 바그너의 오페라 4부작 〈니벨룽의 반지〉 중 제2부 '발퀴레' 제3막의 시작 곡이다.

한참을 들어 보니 정말 좋았다. 언젠가부터 저만치 멀어져 버린 음악의 기쁨에 대한 기억이 저절로 솟아나 가슴에 폭포수 같은 희열이 차올랐다. 이렇게 불시에 되찾은 기억은 어둠이 만든 기이한 내면의 상처를 치유해 주기에 충분했다.

발

어느 날 클레어가 컴퓨터 작업을 하러 왔다. 나는 웃으며 그녀를 맞이했다.

"오늘 저 달라진 거 있는데, 알겠어요?"

클레어가 나를 위아래로 훑어보았다. 머리모양은 그대로이고 안경은 몇 년 동안이나 쓰던 그대로였다. 그리고 옷도 분명히 입던 옷이었다. 갑자기 그녀가 깨달았다.

"발이 생겼어요!"

그녀가 소리쳤다. 거기, 내 기다란 실크 치마 끝에, 검정색 레깅스를 신은 다리 아래에, 창백한 발 한 쌍이 모습을 드러내고 알에서 나온 외계인 아기처럼 카펫 위에서 발가락을 구부렸다.

나는 너무나 오랫동안 신어야 했던 나일론 양말을 벗을 수 있게 되었다. 촘촘하고 신축성 있는 극세사로 만든 특수 차광 양말이었다. 처음에는 두 시간 정도, 그다음에는 반나절 정도만 위험을 무릅썼지만 점차 시간을 늘렸다.

맨 처음 드러낼 수 있는 부분이 발이라는 사실은 별로 놀랍지 않았다. 손, 얼굴, 머리같이 뼈가 느껴지는 부분은 살이나 근육이 더 많은 부분보다 덜 민감하기 때문에 원래 가리지 않았다. 그러니 다음은 당연히 발이었다.

새로 생긴 내 발이 정말 자랑스러웠다. 맨 발바닥에 느껴지는 카펫과 리놀륨의 감각에 전율이 흐를 정도였다. 날이 추워져도 해방된 발가락을 계속 보고 싶어서 양말을 신기가 싫었다.

휴가

집 안에서 너무나 많은 시간을 보내온 나는 이제 새로운 곳에 가보고 싶었다. 하지만 환경이 똑같아야 한다는 게 문제였다. 창문으로 들어오는 빛을 조절할 수 있는 커튼과 블라인드, 저녁에 켤 전구, 잠을 잘 때나 낮 동안 몇 번 들어갈 캄캄한 공간 같은 것 말이다. 피트가 말했다.

"우리한테 필요한 건 카라반(내부에 취사 시설과 침대 등을 갖춘 트레일러)이야."

우리들은 주로 오두막을 빌리거나 유스호스텔에서 휴가를 보냈는데, 이런 숙소는 힘든 등산의 베이스캠프 역할을 했다. 나는 카라반 근처에도 가 본 적이 없었다. 하지만 피트는 어렸을 때 프랑스와 스페인을 여행하거나 아무 데나 차를 세워도 괜찮던 시절에 잉글랜드 남부 전역을 돌아다녔기 때문에 카라반에 익숙했다. 뉴포레스트에서는 조랑말이 나타나서 반쯤 열린 카라반 문으로 코를 들이밀곤 했었단다.

그래서 우리는 중고 카라반을 사서 암막 커튼을 달았다. 그리고 카라반 클럽에도 가입했다. 피트는 클럽에서 여는 견인 방법 강좌에 참석했고, 그사이에 나는 클럽이 발행한 잡지를 읽었다. 우리는 자동차와 카라반을 합쳐서 '아웃핏outfit'이라고 부른다는 사실을 알게 되는 등 카라반에 점차 친숙해지게 되었다.

영국 전역에 카라반 클럽 부지가 200여 군데 있는데 카페, 조명, 최신 설비가 갖추어져 있고 다른 사람과 어울릴 수도 있다고 하니 좀 무섭기도 했다.

피트의 설명에 따르면, 카라반 여행을 하기 전에 필요한 물건 목록을 만드는 게 중요했다. 작지만 날카로운 칼이나 데오도란트(땀 억제제) 같은 것들을 빼놓기가 쉬운데 아무것도 없는 곳에서 그런 것들이 없으면 몹시 불편하기 때문이었다. 나는 휴가가 다가올수록 점점 흥분해서 집 안을 뒤지고 다니며 목록의 물건을 챙겨서 현관에 둔 가벼운 접이식 상자에 넣었다.

마침내 자동차로 한 시간 정도 걸리는 사우스다운스 서쪽의 야영장으로 떠나게 되었다. 내가 자동차 뒷자리의 암막 안에서 차창 밖으로 나무와 풀을 엿보면서 안달을 떠는 동안 피트 혼자서 연결 장치를 풀고 준비를 해야 했다.

드디어 피트가 카라반 문을 열고 계단을 내려갔다. 나는 얼른 차에서 내려 카라반으로 들어가서 좌석 아래 넣어 두었던 물품을 꺼내 점심 준비를 시작했다. 그동안 피트는 밖에서 가스 용기, 급수관, 변기 수조 설치 등의 일을 했다.

카라반 여행의 특성과 나의 몸 상태가 합쳐져서 우리는 노동을 분담했다. 나는 피트에게 몸 상태만 괜찮았다면 분명히 커다란 플라스틱 호스를 굴려서 수도에 연결하고 변기 수조를 분뇨 처리장까지 옮기는 일을 같이 했을 것이라고 설명했지만, 그는 그저 한쪽 눈썹을 찡그릴 뿐이었다.

우리는 이번 휴가 기간으로 3월 말을 잡았다. 겨울보다는 봄에 가까우니 지나치게 춥지는 않을 것이고, 춘분에 가까워서 새벽이 오전 6시, 황혼이 오후 6시경이기 때문이었다. 늦봄이나 여름은 새벽이 너무 빠르고 황혼이 너무 늦기 때문에 내가 밴에 갇혀서 견뎌야 하는 낮 시간이 너무 길었다.

그렇지만 3월에도 빨리 출발할 때가 있었다. 우리는 종종 해가 뜰 때쯤 도착하려고 새벽이 오기 훨씬 전에 알람을 맞추곤 했다. 이것이 며칠 이어지면 꽤 피곤하지만, 다행히도 야영장 바로 옆에 멋진 숲이 있어서 우리가 어둠 속에서 이불을 박차고 일어나지 못한 날이면 새벽 산책을 하기에 좋았다.

그래서 나의 휴가 기억은 색과 정취가 각기 다른 황혼과 새벽의 연속이었다. 어느 날 새벽, 우리는 들판 너머 작고 울퉁불퉁한 산지의 지평선을 바라보았다. 직선으로 너무나 곧게 뻗어 있어서 자를 대고 그렸다고 해도 될 것 같은 회색 구름 아래에 눈부신 귤색 하늘이 뻗어 있었다.

어느 새벽은 칙칙하고 축축하게 시작해서 점점 더 칙칙하고 축축해지고, 그런 가운데 우리는 카라반 야영장 근처 숲을 산책했다. 비가 사방을 적시며 나뭇가지들 사이에서 지글거리며 나무껍질을 짙게 물들이고, 회색에서 밝은 초록색으로 서서히 환해지는 풀과 이끼만이 폭우 너머 어딘가에서 둥근 지구 위로 태양이 떠오르고 있음을 알려 주었다.

또 어느 해 질 녘에는 온 세상에 서리가 두텁게 내려서 우리의 발걸음이 힘없는 풀잎을 바스락바스락 밟고, 고요하고 푸른 공기가 우리의 살을 호되게 때렸다. 우리는 점점 높아지는 들판과 그 위에 늘어선 헐벗은 나무들을 발견했다. 섬세한 세공 같은 검은 가지 뒤로 보이는 파스텔 톤의 어슴푸레한 빛에서 새벽이 느껴지지만, 해는 아직 뜨지 않았다. 들판 한가운데 완벽한 비율의 커다란 떡갈나무가 홀로 서있었다.

피트는 이 나무가 있는 광경이 마음에 들었다. 그는 카메라를 꺼내 나무가 더 잘 보이는 들판 한쪽 구석의 울타리 문 쪽으로 산울타리를 따라 걸어갔다. 피트가 다가가자 울타리 문 근처에 모여 있던 양떼가 소란을 떨었다. 양들이 들판 중앙의 떡갈나무를 향해 얼어붙은 풀 위를 쏜살같이 달려가서 예쁘게 늘어섰다.

나는 그 광경을 필름에 담은 피트의 사진을 언제까지나 좋아할 것이다. 그 순간을 피트와 함께했다는 것이, 그가 그토록 엉뚱한 시간에 그 들판을 찾은 이유가 바로 나라는 사실이, 내가 그에게 강요한 이상한 생활 방식이 예술적인 면에서는 나쁘지만은 않다는 사실을 알게 된 것이 너무나도 자랑스럽고 기뻤다.

카라반으로 돌아와 보니 날씨가 너무 추워서 가스통이 얼어 버렸다. 이것은 난방기를 켜거나 토스트를 만들거나 차를 끓일 수 없다는 뜻이었다. 우리는 외투를 껴입고서 아침 식사로 차가운 물과 빵과 버터를 먹었다. 오전 11시가 되어서야 푸른 허공에서 불타오르는 태양이 주변을 데워서 가스가 다시 흘렀다.

낮 동안에는 피트가 혼자 탐험을 떠났다가 보통 점심을 먹으러 돌아왔다. 그동안 나는 차 안에서 잡지를 읽거나 음악을 듣고, 지도를 보면서 저녁 외출 계획을 세웠다. 때로는 지인들에게 축하 엽서를 쓰기도 했다. 엽서에는 '나 휴가 왔어!'라고 적는데, 그 말은 사람들이 나에게서 들을 거라고는 절대 생각하지 않았을 말이고, 아주 오랫동안 나 자신도 다시 하게 되리라 생각하지 않았던 말이었다.

그렇더라도 나는 대부분의 시간은 창밖을 바라보며 지냈다. 카라반의 창문을 거의 다 가렸지만 사이프러스 나무의 깃털 같은 잎과 드문드문 맺힌 작고 둥근 열매가 내다보이는 창이 하나 있었다. 햇빛이 나뭇잎에 스무 가지 초록색 얼룩무늬를 만들면 바람이 살며시 나뭇잎을 흔들고, 이따금 새가 날아와 유연한 줄기에 앉아서 가지를 아래위로 흔들었다.

흔들리는 초록색의 직사각형을 물끄러미 바라보면서 몇 시간이고 즐겼다. 나는 하얀 상자 속에 봉인되어 있지만 내 아래의 땅과 내 위의 하늘, 야영장을 둘러싼 키 큰 나무들이 나를 감싸고 있음을 느끼고, 그러면 마음이 편안해졌다.

채워지지 않는 마음

영양 공급이 중단되면 몸은 굶는다. 그러면 생명을 유지하기 위해 몸은 먼저 비축해둔 영양에 눈을 돌린다. 축적해둔 지방을 연료로 사용하는 것이다. 지방이 떨어지면 더욱 근본적인 조직을 먹어야 하기에 이번에는 근육이 소비된다.

그다음엔 계통과 작용이 무너진다. 피부가 건조해져서 비늘처럼 벗겨진다. 염증이 생긴다. 심장박동이 불규칙해진다. 체온이 떨어진다. 이렇듯이 몸은 자기 자신을 먹는다.

마음도 마찬가지이다. 매일 공급되던 새로운 경험이 말라버리면 마음은 우선 비축해둔 것에 눈을 돌린다. 마음은 한동안 겉보기에는 정상적으로 작동하면서 겹겹이 쌓인 풍성한 저장물에서 일화와 참조가 되는 이야기, 대화 주제를 끌어낸다.

하지만 서서히, 서서히, 저장물이 줄어들고, 나는 그 신호를 알아채기 시작한다. 했던 이야기를 또 한다. 새로운 것을 찾아 창고 깊숙이 들어가 뒤져서 어린 시절 이야기를 더 많이 하게 된다.

나는 10년 동안 직장을 다닌 경험을 이용하고 또 이용해서 멍청한 인사부와 정신 나간 IT부에 대해 피트와 이야기를 나눈다. 이처럼 기억을 꾸준히 쓰다 보면 저장물이 묘하게 어질

러져서 하나만 꺼냈을 뿐인데 뜻밖에도 선반이 통째로 무너져 몇 년 동안 생각도 하지 않던 사람이나 사건들이 갑자기 떠오른다. 그러면 그 기억이 깨어 있는 시간과 꿈꾸는 시간을 모두 사로잡는다.

때로는 마음이 과거를 먹다가 의식의 수면 위로 떠오른 기억의 조각에서 즐거움을 찾을 때도 있다. 하지만 나는 주로 두려움을 느낀다. 비축된 것이 다 떨어지면 무슨 일이 벌어질까? 몸처럼 마음도 자신을 지탱하는 조직을 소모하고 의식의 힘줄을 먹어 들어갈까? 멀쩡하던 정신이 혼란으로 얼룩지고, 빠른 속도로 이리저리 튀던 생각이 느릿느릿해지다가 결국 걸쭉하게 녹아내릴까?

채워지지 않는 마음은 어떻게 될까?

아무도 모른다.

어느 날 나는 남동생에게 내가 어둠 속에서 살기 전, 함께 스코틀랜드에서 기차를 탔던 이야기를 했다. 우리는 인버네스에서 서소까지 갔는데, 경기가 끝나고 집으로 돌아가는 셀틱 축구팀 팬들이 기차에 가득했다.

"기억 안 나니? 서소에서 내려서 언덕을 따라 마을까지 내려가는데 반짝거리는 풀숲의 강을 헤엄치는 것 같았잖아."

동생은 기억하지 못했다. 나는 조금 상처를 받았지만 우리가 북부 여행을 다녀온 이후 동생은 다른 여행을 많이 다니면서 다른 기억을 여러 층 쌓았음을, 그 여행이 내 마음속에서는 아직도 너무 생생하지만 동생의 마음속에서는 이미 여러 층 아래에 깊이 묻혔음을 떠올렸다.

삶이 멈추지 않은 친구나 친척들과 대화를 나눌 때 나는 이것을 기억하려고 노력했다.

개구리

내 기억의 책장에서 어떤 이야기가 갑자기 튀어나와 마음속에서 펼쳐졌다. 언제 어디서 처음 들었는지 기억은 나지 않지만 우화나 민화 같은 이야기이므로 어린 시절에 들었을지도 모른다. 내가 처한 상황 탓에 여러 해 동안 방해받지 않고 숨어 있던 이야기가 창고에서 나온 것이었다.

어느 더운 날 개구리 두 마리가 시원한 젖소 농장으로 뛰어들었다. 그리고 우유를 담은 통 위에 올라갔다. 그 순간 갑자기 재난이 일어났다. 두 마리 모두 발을 헛디뎌서 각자 다른 통 안으로 떨어진 것이었다. 통은 너무 깊고 벽이 너무 가팔라서 개구리들이 제힘으로 기어올라서 빠져나갈 수가 없었다.

첫 번째 개구리가 한참 동안 원을 그리며 헤엄을 치다가 곧 이런 생각을 했다. '이렇게 헤엄을 쳐봐야 무슨 소용이지? 나갈 방법이 없잖아. 애쓰지 말고 빠져 죽는 게 낫겠어. 결국엔 그렇게 될 테니까.' 그래서 개구리는 움직임을 멈추고 통 바닥에 가라앉아 빠져 죽었다.

하지만 두 번째 개구리는 바로 옆 통에서 원을 그리며 계속 헤엄을 쳤다. '나갈 방법이 없는 것 같다.' 개구리는 생각했다. '하지만 난 아직 안 죽었어. 할 수 있을 때까지 계속 헤엄쳐야겠어.'

그래서 개구리는 헤엄을 치고 또 쳤다. '아아, 정말 힘들다.' 그러면서 개구리는 친구가 생각나서 그의 이름을 불렀다. 버트! 버트! 하지만 다른 통에서는 아무 대답이 없었다. 두 번째 개구리는 슬프고 외로웠지만, 그래도 살기 위해 계속 헤엄을 쳤다. 얼마쯤의 시간이 지났을 때, 완전히 지쳐 버린 개구리는 누군가 다가와서 이렇게 말하는 소리를 들었다.

"어? 우유통 속에 개구리가 빠져 있네?"

그 사람은 손을 내밀어 개구리를 꺼내어 바닥에 내려놓았다. 개구리는 이제 자유의 몸이 되었다. 캄캄한 웅덩이 속에서 끝없이 뱅뱅 도는 나날 동안, 나는 두 번째 개구리에 대해 많은 생각을 했다.

빛 속으로 걸어가다

첫 번째 단계는 내가 지내는 방의 바깥에서 조금 더 오래 머물러도 괜찮은 것이다. 나는 완전한 어둠에서 나와 어둑어둑한 아래층으로 내려가서 잠시 머물 수 있게 되었다.

두 번째 단계는 어둑어둑한 아래층에서 긴 벨벳 커튼의 한쪽 끝을 젖혀서 한낮의 가냘픈 빛이 들어오게 하는 것이었다.

세 번째 단계는 예전과 마찬가지로 중대한 변화인데 부츠를 신고, 모자를 쓰고, 외투를 입고 어두운 정원으로 나갔다. 오랜만에 고국에 돌아온 추방자처럼 나는 숨을 헐떡이며 세상의 냄새를 들이마시고, 잔디밭 주변을 한동안 산책했다.

네 번째 단계로 다시 한 번 식사 준비를 할 수 있게 되자, 예전에 볼 수 없던 변화에 모두들 안심을 했다.

다섯 번째 단계는 예전만큼 위험했다. 내가 전조등과 가로등 사이의 밤거리로 용기 내어 걸어 나갔기 때문이다.

여섯 번째 단계는 거울과 텔레비전이고, 일곱 번째 단계는 역시 하의와 관련된 것이다.

여덟 번째 단계가 되자 마침내 나는 여러 가지 미묘한 색조로 칠해진, 어둠이 아닌 세상을 들여다볼 수 있게 되었다.

변화

처음에는 새로운 것이면 뭐든 좋았다. 나는 레퍼토리에 평범한 일을 하나하나 더할 때마다 전율했다. 아무리 사소하고 작은 일이어도 상관없었다.

"오늘 욕실 바닥 청소했어."

저녁 식사를 할 때, 내가 행복하고 자랑스럽게 얼굴을 빛내며 피트에게 말했다. 빛을 향해 기어오르는 초기 단계에는 예전 모습과 현재 모습의 대조가 너무나 눈부시고, 다시 피어오른 희망의 불꽃이 너무 강렬해서 나는 몹시 쾌활해졌다.

나는 부엌에서 갑자기 춤을 추며, 깜짝 놀란 표정을 짓는 나의 연인을 붙잡고 같이 춤을 추자며 끌어당겼다. 이런 때 나는 또 아무 노래나 부르는데, 유명한 노래도 있고 상황에 맞게 즉석에서 만든 노래도 있었다. 내 마음은 감사와 안도감으로 가득했다. 또 한 번 기회가 주어진 것에 감사하고, 최악의 두려움이 사실무근임이 다시 한 번 증명되어 안도감을 느꼈다.

그런 다음 변화가 찾아왔다. 그것은 어둡고 무서운 해안가에서 배를 타고 출발하는 것과 같아서, 우리는 처음에 떠나온 곳만 보면서 배와 해안 사이의 바다가 점점 더 넓어지고 땅이 멀어지는 것만 바라보며 기뻐했다.

그런 다음 반대쪽으로 고개를 돌렸다. 우리는 가야 할 방향을 보고, 반대편 해안이 너무 멀어서 보이지는 않지만 거기 있다고 믿을 수밖에 없음을 깨달았다. 주변에는 외롭고 광막하고 텅 빈 바다밖에 없고 앞쪽에 폭풍과 괴물들이 숨어 있었다.

회복의 어느 단계에 이르면 기운이 나지 않았다. 가령 황혼 산책을 다시 시작하고 몇 주가 지난 후처럼 말이다. 나는 떠나왔다는 기쁨에서 더 이상 힘을 얻지 못하고, 냉정하게 거리를 두고서 얼마나 더 가야 하는지를 생각했다.

집에 갇혀 지내야 하는 길고 외로운 나날은 끔찍할 만큼 느릿느릿 흘렀다. 항상 사람들에게 놀러 오라고 간청해야 하고, 나는 놀러 가지 못하는 것에 질린 나날이었다. 나는 순전한 호기심 때문에 다른 사람의 집 안을 들여다보고 싶었다. 그게 누구의 집이라도. 나는 더 빨리 발전하고 싶었다. 경계를 사방으로 넓히고 싶었다. 하지만 이것이 위험한 불장난이라는 사실을 잘 알고 있었다.

나는 대학에서 역사를 전공했다. 억누르기 힘든 불만을 느끼다 보니 대학에서 읽었던 혁명에 대한 글이 생각났다. 혁명은 억압받는 계층이 최악의 고통에 시달릴 때 일어나는 것이 아니라 상황이 조금 나아져야 일어난다. 억압이 아주 조금 약해져야만 짓밟힌 사람이 진창에서 고개를 들어 주변을 둘러보고 자신이 처한 진정한 상황을 깨달을 수 있는 것이다.

나는 내가 누리고 있는 축복을 꼽아 보려고, 어둠에 맞서 쟁취한 작은 승리들을 떠올려 보려고, 욕심의 불꽃을 끄기 위해 열심히 애를 썼다.

ABC

나는 담당의사와 계속 연락을 주고받았다. 가끔 어느 말단 관청에서 의료 기록과 편지를 요구할 때에는 의사가 도움이 되지만, 실제 치료라는 면에서는 더 이상 아무것도 제안하지 못했다. 내가 런던으로 가서 진료를 받을 수 있다면 의사는 무척 기뻐하겠지만, 솔직히 혼자 노력해서 그 정도로 건강을 회복한다면 나는 너무나 기뻐서 아마 하던 방법을 계속 쓸 것이고, 그렇게 해서 되찾은 활기로 병원에 가는 대신 더 흥미로운 일을 할 것이었다.

수많은 만성 질환 환자들이 그렇듯이 나는 건강관리라는 거친 변경 지역에, 길도 없고 혼란스러운 시골에 혼자 떨어져 있었다. 그곳에는 표지판이 있다 해도 소용이 없고, 내비게이션은 더 이상 길을 가리키지 못하고, 사방에 이상한 짐승들이 돌아다녔다.

사람들은 나에게 말했다.

"……는 시도해 보셨어요?"

"……는 어때요?"

이때마다 나는 말을 했다.

"알려줘서 고마워요."

"목록에 넣어 둘게요."

지난 몇 년 동안 나는 수많은 시도를 해보았다. 지루하게 시간 순으로 설명하는 것보다 ABC 순으로 요약해서 설명하는 편이 더 자세할 것이다.

A는 침술acupuncture이다.

"어…… 죄송하지만 제가 옷을 벗을 수 없어요. 그래도 하실 수 있나요?"

어떤 침술사가 그래도 시도해 보겠다고 했다. 그녀는 집으로 와서 내 손과 어깨, 발, 발목, 그리고 레깅스를 입은 다리에 바늘을 꽂으면서, 당연한 말이지만 이렇게 제한적으로 침을 맞는 것은 별로 바람직하지 않다고 설명한다. 나는 여덟 번이나 꾸준히 침을 맞았지만 알아볼 수 있는 효험은 전혀 없었다.

B는 숨쉬기 운동breathing이다.

"잘못된 호흡법은 수많은 만성 질환의 근본 원인입니다. 혁신적이고 새로운 방법으로 숨을 쉬는 법을 다시 배우세요. 랜덜 화이트베이트 박사가 개발한 독특한 요법으로 전 세계의 수 천 명이 건강을 회복하고……."

숨쉬기 운동이라면 어둠 속에서도 할 수 있었다. 나는 친구로부터 호흡법 CD와 워크북을 받았다. 어떤 운동을 하면 기분 좋게 긴장이 풀리지만, 어떤 운동은 등이 너무 아팠다. 결국 숨쉬기 운동은 광선과민증에 눈에 띄는 효과는 없다는 사실이 명확해졌다.

C는 킬레이션 요법chelation이다.

인터넷의 힘을 신봉하는 내 친구 톰은 온라인으로 건강에 대한 여러 가지 조사를 많이 했다. 그는 체내의 수은 농도를 줄여서 건강이 좋아진 각종 만성 질환 환자들의 모임을 발견했다. 검사를 받으면 수은 중독이 문제가 되는 수준인지 알 수 있다고 하고, 어떤 사람들은 유전적으로 수은 배출 능력이 뛰어나다고 했다.

검사 결과 톰과 나 모두 수은 중독이 문제가 되는 수준이었다. 우리는 수은과 결합해서 체외로 배출시키는 황 복합물을 복용하는 킬레이션 요법의 시술을 받기 시작했다.

놀랍게도 나는 4개월 동안 측정이 가능할 만큼 점점 좋아졌다. 하지만 그런 다음 끔찍한 재발이 찾아왔다. 광선과민증이 돌아오고, 완전히 지쳐 버렸다. 킬레이션 요법은 부신에 부담을 주는데, 나는 부신이 무척 약한 것으로 나타났다.

그 뒤로 킬레이션 요법을 몇 번 더 시도했지만 결과는 항상 똑같았다. 몸이 떨리고, 땀이 나고, 기력이 급격히 쇠퇴했다. 반면에 톰은 나보다 훨씬 나았다. 그는 4년 동안 킬레이션 요법을 계속한 끝에 다른 사업을 시작할 만큼 좋아진다.

D는 식이요법diet이다.

어느 해 12월 31일 몸 상태가 좀 괜찮았던 나는 빈속에 초콜릿 여덟 개를, 그것도 샴페인과 같이 먹었다.

다음 날 나는 무시무시한 재발과 함께 새해를 맞이했다. 나는 어둠 속에 갇혀서 비엔나의 새해 콘서트 실황도 보지 못하고, 우리 집안의 전통에 따라 '푸른 다뉴브강' 왈츠에 맞춰서 춤을 추지도 못했다.

호기심이 생긴 나는 혈당이 치솟으면 생리적으로 어떤 증상이 나타나는지 조사하다가 'GI 식이요법'이란 걸 찾아냈다. 'GI'는 혈당지수glycemic index의 머리글자로, 어떤 음식이 체내에서 얼마나 빨리 포도당으로 변환되는지 나타낸다. 이때부터 나는 술, 설탕, 정제 탄수화물을 포기하고 끼니마다 단백질과 탄수화물을 같이 섭취했다. 정말로 도움이 되었다.

E는 에너지 치료energy healing이다.

자동응답기에서 느긋한 목소리가 흘러나왔다.

"베니셔 윈스탠리라고 해요. 지난 며칠 동안 저의 기계로 환자 분의 머리카락을 처리했는데, 좀 나아지셨는지 확인하려고 전화 드렸어요."

뭐라고? 이 여자는 누구고, 내 머리카락을 어떻게 손에 넣은 거지? 게다가 나는 지난 며칠 동안 몸이 별로 좋지 않았기 때문에 이 여자가 뭘 하고 있든 그만두라고 하고 싶었다.

결국 모든 수수께끼가 풀렸다. 베니셔 윈스탠리는 일종의 원격 에너지 치료사로, 우리 엄마 친구의 자녀를 살린 적이 있다. 친구의 설득에 넘어간 엄마가 몇 달 전 내 뒤통수에서 머리카락을 몇 가닥 잘라내서 이 사람에게 보냈다. 치료사 가족 중에 누가 죽는 바람에 그때 이후 지금까지 아무것도 하지 않았다고 해서 나는 머리카락을 금방 잊고 있었다.

F는 지방산fatty acids이다.

혈액 검사를 했는데 내 몸에서 필수 지방산을 처리하는 과정 중 어떤 부분이 제대로 작동하지 않는다고 했다. 영양사가 필수 지방산 섭취를 돕기 위한 유화 보조제를 추천했다. 나는 4개월 동안 서서히 좋아졌다. 그러다가 제조사가 내가 먹던 보조제 생산을 중단하는 바람에 멈추었다. 시중의 다른 제품은 똑같은 효과가 없었다.

G는 접지 요법grounding이다.

내가 가지고 있는 접지 요법 책에 따르면 구역질, 통증, 염증은 모두 전자의 결핍 때문이며 천연 항염증제가, 즉 땅이 도움이 된다고 했다. 풀밭이나 흙 위를 맨발로 걷고 땅에서 자면서 접지하는 것이 가장 이상적이라고 한다.

이것이 불가능할 경우 접지를 위한 침대보를 살 수 있었다. 접지 침대보란 금속 전선으로 만든 도전성 그물망을 넣은 면 침대보로, 바깥 땅에 접지 막대를 꽂고 두꺼운 전선으로 연결한다. 금속 위에 누웠더니 일종의 알레르기 반응이 나타났던 것 같다. 이틀이 지나자 피부가 부어오르고 심장박동이 빨라지고, 나는 끔찍한 재발을 겪었다.

H는 최면 치료hypnotherapy이다.

최면 치료사가 나를 위해 만든 CD가 읊조렸다.

"전신의 피부가 차분하고 시원해집니다."

"계속, 훨씬 더 편안하게, 긴장이 풀립니다."

나는 어둠 속에 누워서 편안한 목소리에 귀를 기울였다. 그랬음에도 내 피부는 전혀 말을 듣지 않는 것 같았다.

I는 잉크ink이다.

나는 알레르기와 환경성 과민증 환자를 전인적으로 치료하는 개인병원 의사들에게 편지를 쓰느라 잉크를 많이 소비했다. 큰돈을 제안하면서 왕진이나 전화 진료를 해달라고 부탁했지만, 대부분은 자기 병원까지 오지 못하는 사람을 치료하려 들지는 않았다.

J는 뜀뛰기jumping up and down이다.

나는 리바운더라는 작은 트램펄린을 가지고 있다. 동봉된 책자에 따르면, 트램펄린은 무척 좋은 운동이며 갖가지 만성 질환 환자의 삶을 바꿀 수 있다고 한다. 나는 매일 30분씩 뜀뛰기를 할 만큼 열정적으로 뛰었다. 병이 낫지는 않지만, 확실히 신나기는 했다.

K는 신체 운동학kinesiology이다.

몸에게 질문을 하면 정말로 대답을 들려준다고 했다. 팔을 쭉 뻗으면 치료사가 팔을 눌렀다. 팔 힘이 셀 때도 있고 약할 때도 있는데, 바로 여기서 참고할 사항과 결론을 얻을 수 있다고 했다.

몸이 알 수 없는 수수께끼가 되어 버린 나에게 이런 약속은 믿을 수 없을 만큼 유혹적이었다. 치료를 몇 번 받고 나자 치료사가 몇 가지 보조제를 권했는데, 시키는 대로 하자 눈에 띄게 좋아졌다.

하지만 결국 나는 믿음을 잃고 말았다. 근육 검사를 했는데, 그가 내 몸에 좋다고 말했던 것들이 위험 반응을 촉진한다는 결과가 나왔다. 게다가 도움이 되는 다른 것들도 차츰 부정적인 결과를 나타냈다. 기본적인 믿음이 사라지면 계속 하기가 힘든 법이다.

L은 일지logbook이다.

나는 어떤 방법을 써봤는지, 느낌이 어땠는지 하나하나 소상히 기록했다. 그렇게 하루 1페이지짜리 다이어리에 일지를 썼다. 인과관계가 너무나 궁금한 나는 일지에 적힌 데이터를 살펴보면서 어떤 경향을 찾으려고 애를 썼다. 하지만 변수가 너무 많다는 게 문제여서, 끝내 경향이든 맥락이든 그 무엇도 찾아내지 못했다.

M은 명상meditation이다.

이미 아무것도 없는 삶인데 무無의 오아시스를 만들어 내라니, 이상해 보였다. 내가 간절히 바라는 것은 바쁜 생활과 목적이 있는 삶, 그리고 자극이다. 그래도 나는 명상을 해보고, 명상이 건강에 미치는 긍정적인 영향이 무엇인지 책을 읽어 보았다.

CD에서 흘러나오는 목소리는 아름다운 정원에 서있거나 햇볕이 내리쬐는 구름 위를 떠다니는 내 모습을 상상해 보라고 하지만, 그런 말을 들으면 마음이 진정되기는커녕 오히려 괴롭기만 했다.

나에게는 호흡에 집중해서 들숨과 날숨을 관찰하는 명상요법이 더 나은 것 같았다. 가끔 나는 10부터 1까지 거꾸로 세면서 숨을 들이쉬고 내쉬지만, 마음이 다른 곳을 헤매다가 7과 6 사이쯤에서 잊어버리는 바람에 처음부터 다시 시작해야 할 때가 많았다.

광선과민증에는 눈에 띄는 효과가 없지만, 명상을 하면 마음이 가라앉는 것 같았다. 특히 유방암이나 뇌졸중에 대한 뉴스 같은 것을 듣고서 미래를 지나치게 걱정하고, 내가 각종 위험에 특히 약하다는 생각에 겁을 먹고, 죽음을 맞이하는 수백 가지 고통스러운 방법이 자꾸 떠오를 때 명상을 하면 현재의 순간에 다시 집중할 수 있었다.

N은 견과류nuts이다.

나는 GI 식이요법에 따라 견과류를 많이 섭취했다.

O는 열린 마음open-minded이다.

무명의 스코틀랜드 사람이 작곡가 아놀드 백스 경에게 한 충고 그대로이다. "근친상간과 포크댄스만 빼놓고 모든 것을 한꺼번에 해보세요."

정말 그렇다.

P는 기도prayer이다.

이따금 주위 사람들이 나를 위해 기도하고 있다고 말했다. 그러면 나는 무척 감동해서 고맙게 여겼다. 내가 정말로 여행을 할 수는 없지만 먼 교회와 성당에서 적어도 누군가의 마음에, 그들의 심장에 내가 존재하고 있다고 생각하면 기운이 났다.

Q는 탐색quest이다.

목적지에 도착해서 희망이 사라졌음을 깨닫는 것보다 희망을 안고 여행하는 것이 더 낫다. 내 앞에 길이 있는 한, 내 목록에 아직 시도해볼 방법이 있는 한, 나는 절망에 빠지지 않는다. 하나하나 시도할 때마다 성과가 없다 해도 나는 매번 노력을 하면서 뭔가를 배운다. 한 가지 가능성을 제거하고, 다음 가능성으로 나아갈 수 있다는 사실만으로도 충분히 좋다.

R은 합리성rationality이다.

과학적 합리주의를 굳게 신봉하는 사람이 나와 똑같은 곤경에 처하면 어떻게 할지 궁금하다. 내 병에는 무작위 배정 임상시험도 없고, 과학은 침묵을 지킬 뿐이다.

나는 연구 대상이 되고 싶다. 가장 놀라운 것은 내 피부로 생체검사를 해보고 싶어 하는 사람이 아무도 없다는 사실이다. 과학적 호기심은 다 어디로 갔을까? 그래도 나는 흥미로운 결과가 나올 것이라고 확신한다.

S는 영적 치료spiritual healing이다.

나는 세 번째 영적 치료를 받은 후, 애를 써준 것은 감사하지만 긍정적인 효과가 전혀 느껴지지 않으므로 계속해도 소용

없을 것 같다고 치료사에게 말했다. 치료사가 내 눈을 응시하며 말을 했다.

"당신의 마음속에서 깊은 상처가 느껴지는군요. 바로 그것 때문에 무의식적으로 치료 에너지를 거부하는 거예요. 마음속 깊은 곳의 감정적 트라우마를 해결하지 않으면 낫지 않을 거예요."

나는 그녀를 머리로 들이받을 수도 있었지만, 그렇게 하지는 않았다. 대신 그 대단한 어리석음에 압도되어서 웃음을 터뜨렸다. 치료사를 문 앞까지 전송하면서도 웃음이 멈추지 않았다.

T는 검사test이다.

나는 검사를 많이 받았다. 개인병원 의사나 다른 의사들이 검사를 권하고, 민간 실험실에서 검사를 진행했다. 나는 가정방문을 하는 사혈 전문의를 알게 되었는데, '스코틀랜드 뱀파이어'라는 이름으로 일하는 그녀는 드라큘라 캐릭터가 그려진 끈으로 내 팔을 묶고 채혈을 했다.

그다음 피트가 각종 체액이 든 꾸러미를 우체국으로 가져가서 부쳤다. 그는 당황스러운 내용물을 부치면서 소포 내역서를 작성하는 것에 점점 단련되어 갔다.

U는 결과upshot이다.

모든 검사의 결과에 따르면(내가 어떻게 살고 있는지 생각하면) 놀랍게도 내 껍데기의 대부분이 아주 잘 작동하고 있다고 한다. 예외는 엉망진창인 필수 지방산 대사, 간과 관련이 있다는 메틸화 주기, 그리고 부신인데, 특히 부신은 코르티솔을 거의 분비하지 못하기 때문에 원칙적으로 따지자면 나는 임상학적으로 죽은 사람이나 다름없었다.

이러한 이상이 광선과민증의 원인일까, 아니면 그 결과일까? 증상 치료를 위해 수많은 보조제를 권하지만, 내 몸이 그 모든 것을 정말로 문제없이 흡수할 수 있을까?

부신의 활동을 돕는 보조제를 먹으면 몸이 좀 나은 기분이고 호박씨나 아마씨, 목초를 먹인 소고기 스테이크처럼 필수 지방산이 풍부한 음식을 먹으면 피부가 눈에 띄게 진정되지만 어떤 것들은 나의 상태를 형편없이 악화시켰다.

어느 개인병원 의사는 나의 형편없는 부신 기능을 보고 깜짝 놀라서 보조제뿐 아니라 저용량 스테로이드와 하이드로 코르티손도 권했다. 이후 몇 달 동안 나는 몸이 상당히 좋아지는 것을 느꼈지만, 의사의 지시에 따라 복용량을 늘리자 갑자기 심하게 악화되었다. 다시 대부분의 시간을 어둠 속에서 지내면서 밤의 정원 산책 같은 것은 엄두도 내지 못했다.

보조제를 끊고 싶지만, 이제는 의존성이 생겨서 끊지도 못했다. 복용량을 줄이려면 아주 서서히, 신중하게 진행해야 하고 흥미진진할 정도로 이상한 부작용도 있으며 성공한다는 보장도 없었다. 퍼즐의 테두리 부분은 맞추었지만 한가운데는 아직 텅 비어 있는 느낌이랄까?

V는 상상하기visualization이다.

엄마가 말했다.

"성인반에 엘리자베스라는 여자가 있는데, 망막에 구멍이 나서 수술을 받으려고 기다리고 있었거든? 엘리자베스는 3개월 동안 매일 구멍이 닫히는 광경을 머릿속으로 상상했는데, 수술을 받으러 갔더니 구멍이 없어졌다고 하더라."

"흐음…… 나도 한번 해볼 만하겠네. 그런데 나는 뭘 상상해야 돼요?"

"어…… 커튼이 서서히 열리는 장면은 어떨까?"

"하지만 그러면, 그러니까 만약에 이 방법이 정말로 통하게 되면 커튼이 정말로 서서히 열린다는 거잖아요. 그건 아무 소용없어요."

"옳은 말이네."

결국 나는 또 하나의 피부를, 온몸을 보호하는 옷을 입는 모습을 그려 보기로 하고 매일 아침 경건하게 실천했다.

별다른 일은 일어나지 않는다.

W는 가장 이상한 것weirdest이다.

관련 웹사이트의 설명에 따르면, '에너지 에그energy egg'는 다음과 같은 기능을 한다고 했다.

- 축적된 환경 스트레스를 제거한다.
- 모든 형태의 나쁜 기운으로부터 생명 에너지를 보호한다.
- 타인의 에너지를 포함한 모든 것으로부터 전신을 보호한다.
- 그 자체는 유해한 에너지를 방출하지 않는다.
- 수동 혹은 자동으로 업데이트된다.

나의 '에너지 에그'는 길이가 약 3센티미터로, 진짜 달걀 모양의 잘 연마한 흰색 돌인데 만지면 서늘한 기운이 느껴졌다. 설명서에 따르면 에너지 에그를 몸에서 1센티미터 이상 떼어 놓지 않아야 하기에, 나는 몇 달 동안 주머니에 넣고 다녔다.

그러나 문제가 생겼다. 에너지 에그 때문에 몸이 한쪽으로 약간 기울어지는 것 같았다. 그런 자세는 등에 별로 좋지 않으므로 결국 안 쓰는 게 좋겠다는 결론을 내렸다.

X는 실험xperiments이다.

내 병을 어떻게 해야 하는지 아무도 모르는 상황에서, 그나마 내가 앞으로 나아가는 유일한 길은 실험을 하는 것이라고 생각했다. 하지만 나 자신을 상대로 혼자 실험을 하는 것은 괴롭기도 하고 비효율적이다. 무슨 실험이든 몸을 낫게 할 수도 있지만 악화시킬 수도 있고, 원래 호전과 악화가 반복되기 때문에 실험의 정확한 결과를 파악하기 어렵다.

클론clone이라는 말이 있다. 유전적으로 동일한 세포군 또는 개체군을 뜻하는 생명과학 용어에서 유래한 말인데, '복제, 복제품, 컴퓨터 호환 기종' 같은 뜻으로 의미가 확대되었다.

나는 클론을 꿈꿨다. 특별히 참을성 있고 나를 잘 따르는, 나와 똑같은 클론을 여섯 명 정도 만들어서 쓰지 않을 때는 벽장에 넣어 두었다가 필요하면 꺼내서 이상한 알약을 먹이거나 독특한 장치를 시험해 보는 것이다. 알고 보니 만성 질환을 가진 사람들에게 이 같은 꿈은 드물지 않은 공상이라고 한다.

Y는 하품yawn, Z는 잠zzzz이다.

계속 건강을 생각해야 하는 것은 정말로 지루했다. 나는 모든 것에 완전히 질려서 오로지 살기 위해서 휴식을 취해야 하는 경우가 많았다.

대체적으로 피트는 나의 실험을 지원해 주고, 지나치게 별난 실험도 곧잘 참아 주었다. 하지만 그는 신체 운동학에서 선을 긋곤 했다. 신체 운동학 치료 중에 알레르기 총량을 줄이기 위해서 다양한 물질에 대해 몸을 서서히 둔화시키는 것도 있다고 한다.

예를 들어 설탕에 대한 둔화 치료를 하고 나면 그 후 25시간 동안 설탕이 포함된 모든 것과 최소 1.2미터의 거리를 두어야 한다는 것이다. 운동 치료사가 나를 도와주려고 비스킷은 벽장으로, 빵은 보일러 밑 구석으로, 과일 그릇은 위층 서재로 치웠다. 퇴근을 하고 돌아온 피트가 말없이 부산스럽게 소란을 피운다.

"그 여자 여기 왔었지, 응?"

피트가 부엌을 서성이며 으르렁거렸다.

"세탁기에 또 벌어먹을 바나나가 들어 있잖아. 빵은 대체 어디 있어?"

공포

마른하늘에 날벼락처럼 골치 아픈 사건이 나를 덮치더니 바닥에 내동댕이쳤다.

지방의회 소식지의 반 페이지에 민간자금을 조성하여 마을의 가로등 중에서 15년 넘은 노후 가로등을 교체한다는 소식이 실렸다. 시민 의견 수렴을 위해 공공 회의를 개최할 예정이라고 했다. 의회는 기존의 흐릿한 나트륨등 대신 밝은 흰색의 조명을 사용하려고 준비하고 있다는 소식도 곁들여졌다.

백색 등을 설치하면 나는 두 번 다시 집 밖으로 나가지 못할 것이다. 우리 집 뒤쪽 울타리 너머에 백색 등을 설치하면 절대 정원을 쓰지 못할 것이다.

처음에는 충격이 너무 커서 아무것도 하지 못하고, 어떤 행동을 취해야 하는지도 생각할 수 없었다. 곧 다가올 빛이 나를 꼼짝 못하게 했다. 나는 가만히 앉아서 파멸이 귀신처럼 다가오는 광경을 멍하니 바라볼 수밖에 없었다.

하지만 며칠 뒤 정신적인 마비가 풀리기 시작했다. 움직이지 않던 기어가 활발히 움직이고, 신경회로에서 깜빡거리는 전기 펄스가 재빨리 전달되었다. 알아볼 만한 방법들이 떠올랐다. 머릿속에서 여기저기 보낼 편지의 문장들이 문득문득 떠오르기도 했다.

나는 의회 계획이 변경 가능한 것인지 알고 싶었다. 백색 등을 설치하는 것이 의회의 선택일까, 아니면 위에서 내려온 지시일까? 교통부에 편지를 보냈더니 이런 답변이 왔다.

"EU의 거리 조명 지침에 따라 구식 저압 나트륨등을 교체할 때는 에너지 효율이 높은 고압 나트륨등으로 바꿔야 하지만, 꼭 백색 형광등으로 교체해야 하는 것은 아닙니다."

교통부의 말에 따르면, 지방 의회는 지역적 요소를 고려해야 했다. 나는 공공 회의에 내 의견을 전달했다. 의회에서 온 답장에는 이렇게 적혀 있었다.

"백색 등이 광선과민증 환자에게 미칠 영향에 대한 우려를 표명해 주셔서 감사합니다. 앞으로의 가로등 교체에 도움이 되는 건설적인 의견을 많이 받았습니다. 확실한 결정을 내리기 전에 이 모든 사항을 충분히 고려할 것입니다."

편지의 내용은 신중했지만, 아무것도 약속하지 않는 표현의 연속이었다. 그게 무슨 뜻이냐 하면, 당신은 문제가 있다고 말하지만 우리가 당신의 말을 믿을 필요는 없다는 것이었다. 이 모든 것이 나에게는 너무나 익숙했다. 상황이 약간 다르기는 하지만 내가 권력자들의 복도를 걸을 때, 선출된 정치가의 하녀로 일할 때, 먹고살기 위해 하던 일이 바로 이런 것들이었다.

나는 장관들이 어려운 질문에 대답할 때 쓸 '대사'를 만들었다. 또한 대응 팀이 일반 시민의 편지, 즉 내가 보낸 것과 같은 편지에 답장을 쓸 때 사용하는 표준 예문도 만들었다.

그런데 공공 회의가 끝나고 시간이 어느 정도 지났지만 어떤 결과도 들려오지 않아 초조해졌다. 공무원들이 일이 아무 문제 없이 매끄럽게 진행되기를 얼마나 간절히 원하는지 나는 너무나도 잘 알았다. 내가 보낸 편지를 나 자신이 받았다면 유별난 항의서를 일시적으로 모아 두는 칸에 넣어 버리고, 더욱 극적인 일이 일어나지 않는 이상 그냥 밀어붙일 것이다.

나는 일이 어떻게 되어 가는지 알아내기 위해 지방 의원에게 편지를 썼다. 그러자 의원은 재빨리 손을 써서 가로등 프로젝트 측에 연락하여 나에게 연락을 해보라고 요청했다.

그리하여 맨 먼저 홍보 담당자가 찾아왔다. 홍보 담당자는 옷을 잘 차려입은 젊은 여자로, 새 가로등이 정말 멋질 것이라고 열정적으로 설명했다. 대낮처럼 환하고, 햇빛 아래에서와 색이 똑같아 보이기 때문에 말하자면 경찰이 보라색 모자티를 입은 범인을 찾을 때 쉽게 알아볼 수 있다고 말했다.

빛이 퍼지는 게 아니라 아래쪽만 비추기 때문에 광공해가 줄어들고, 따라서 천문학자들에게도 좋을 것이라고도 했다. 또한 원격 조종이 가능하기 때문에 범죄율이 낮은 상류층 동네에서는 자정 이후에 불빛을 어둡게 조절할 수 있다고도 했다.

나는 그녀의 말을 다 들은 다음 불행히도 그런 특징은 내 문제를 해결하지 못한다고, 문제는 그런 가로등을 내가 사는 지역에 설치하면 내가 집 밖으로 나갈 수 없다는 것이라고 끈기 있게 설명했다. 가로등을 설치하는 것으로 최종 결정이 났느냐고 묻자, 홍보 담당자는 잠시 머뭇거리다 그렇다고 인정했다.

그럴 거라고 생각은 했지만, 정말 그렇다고 확인을 받자 우리 집 거실 내 맞은편 안락의자에 앉아 있는, 옷을 잘 차려입은 이 상냥한 여자가 세련된 가죽 가방에서 권총을 꺼내서 내 배를 쏘는 것 같았다.

나는 다시 싸워야 하는 것이다. 다행히 조사를 해두었다. 장애인 차별 금지법 지침서를 구했는데, 지역 당국과 공공장소도 장애인 차별 금지법에 해당된다고 명시되어 있었고, 거리는 공공장소의 가장 좋은 사례였다. 이 법에 의하면, 서비스 제공자들은 반드시 장애인이 접근할 수 있도록 합리적으로 조정해야 했다.

나는 카운티 전체, 아니 우리 동네 전체에 대한 접근권을 요구하는 것도 아니었다. 단지 내가 매일 산책을 계속 할 수 있도록 우리 집 주변 지역에만 나트륨등을 남겨 달라는 요청이었다.

나는 홍보 담당자에게 햇빛의 구성 성분 그래프를 포함하여 여러 가지 조명의 스펙트럼을 보여 주었다. 또한 스펙트럼

중에서 파란색 끝에 위치한 빛은 주파수가 높아서 광선과민증 환자에게 더 해로우며, 백색 조명에는 파란색 파장의 비율이 훨씬 더 높아서 나 같은 사람에게 더 위험하다는 사실을 설명했다.

홍보 담당자는 내 강의에 귀를 기울여 주었다. 그러다가 그녀는 새 가로등을 아직 설치하지도 않았는데 문제가 되리라는 걸 어떻게 아느냐고 물었다. 슬프지만, 나는 잘 알고 있었다. 내가 매일 해 질 녘에 산책을 하는 거리의 끝에 살고 있는 부부가 길이 더 잘 보이게끔 똑같은 조명을 설치했기 때문이다. 나는 무리한 희망을 안고 시험 삼아 그쪽을 지나가 보았다가 다음 날 밤 정말 큰 고통을 겪었다.

홍보 담당자는 우리의 대화 내용을 전달은 하겠지만 아무것도 약속할 수는 없다고 딱 잘라 말하고 돌아섰다. 그 뒤 몇 달은 정말 끔찍했다. 관계자들로부터 어떠한 답변도 돌아오지 않았기 때문에, 다른 사람을 배려하고 소란을 일으키지 말라고 배우며 자란 나는 정말 싫어하는 일을 해야만 했다.

나는 사람들을 들볶고, 여기저기 전화를 걸고, 메시지를 남기고, 이메일 사본을 지방 의원들에게 보냈다. 클레어가 내 이메일 계정에 로그인을 할 때마다, 나는 운명을 바꿀 편지가 받은 편지함에 숨어 있지나 않을까 가슴이 두근거렸다.

그러나 아무것도 없으면 죄책감과 안도감이 동시에 밀려왔다. 하지만 잠시 후면 나는 다시 전화를 할지 일주일 더 기다릴지 결정하려 애쓰면서 갈피를 잡지 못했다. 지나친 항의로 오히려 상황을 악화시키고 있는 건 아닐까? 눈에 보이지 않는 시계가 있어서, 이제 나에게 남은 시간이 점점 사라져 가고 있는 건 아닐까?

억지로 기운을 내어 전화를 걸려고 하면 몸이 덜덜 떨리고, 통화를 끝내고 나면 심호흡을 몇 번 하고 자리에 누워야 했다. 하지만 나를 상대하는 사람들은 꿈에도 모를 것이었다.

내 이메일은 항상 예의 바르고 사무적이었다. 통화를 할 때는 친근하고 아주 이성적이지만 절대 물러서지 않을 것처럼 말을 했다. 단 한 번이라도 이성을 잃어서는 안 되었다. 저 밑에서 천천히 흔들리는 감정이 끓어오르게 놔두면 미친 여자, 신경증 환자, 더 이상 귀를 기울일 게 아니라 어떻게든 마무리하고 처리해야 하는 여자로 낙인찍힐 수도 있었다.

이상한 일에 휘말려서 갑자기 국가를 상대하게 된 사람이라면 누구나 이런 딜레마에 빠질 것이다. 국가는 당신의 허락 없이 당신에게 무엇이든 할 수 있는 권력, 뭔가를 주거나 빼앗을 수 있는 권력, 요구하는 게 아니라 애원해야만 호의를 베푸는 권력이다. 괴로움을 충분히 표현하지 않으면 문제가 있다고 믿어주지 않겠지만, 또 너무 많이 표현하면 그들에게 괴짜로 낙인찍힐 것이었다.

온순하고 사려 깊은 첼로 연주자였던 우리 아버지는 두통이 점점 더 잦아지고 왼손 손가락을 움직이기가 점점 더 어려워져서 몇 년 동안 병원에 여러 번 찾아갔었다. 의사는 매번 스트레스 때문이라고 말했다. 결국 아버지는 연주회 때문에 독일에 가서 라인강 옆 오솔길을 산책하다가 쓰러졌다. 뇌종양이 왼쪽 반신을 마비시킬 만큼 자란 상태였다. 16개월 후, 아버지는 세상을 떠나셨다.

나는 해 질 녘에 우리 동네를 산책하며 축축한 정원과 늙은 나뭇잎, 제철 꽃향기와 뜨거운 낮의 증기를, 바람의 향기를 들이마셨다. 하늘이라는 화면에 노을이 연출하는 쇼를, 구름과 죽어 가는 빛이 그리는 늘 다른 문양을 매일 감상했다.

그리고 애써 혼잣말을 했다. 지금을 즐기자, 오늘을 즐기자. 이런 것을 더 이상 볼 수 없을 미래에 대해서는 더 이상 생각하지 말자. 산책을 하고 싶으면 상자에 갇혀서 다른 사람의 도움을 받아 빛이 없는 외딴 곳으로 실려 가야 할 미래에 대해서는 상상도 하지 말자.

항소의 마지막 결과를 기다리는 사형수에게 보통 어떤 조언을 해주는지 궁금했다. 극단적으로 긍정적인 사고를 지지하는 사람은 정말 실현될지도 모르니까 실패의 가능성을 아예 생각하지 말라고 말할까? 나는 머릿속으로 미리 상상해 봐야 할 것이라는 결론을 내렸다. 만약 실패한다면 머릿속으로 이미 한 번 겪었으므로 충격이 덜할 테니 말이다.

결국 홍보 담당자가 그만두었으니 이제 프로젝트의 총감독에게 다시 연락하라는 이메일이 왔다. 처음부터 다시 시작한다는 뜻이었다. 나는 이제 총감독을 상대하기 시작했다. 그는 백색광 문제에 대한 전문의의 편지를 받을 수 있겠냐는 합리적인 요청을 했고, 나는 그에 따랐다.

그리고 몇 달 뒤 총감독은 우리 집의 인근 지역에는 내 건강을 해칠 가능성이 있는 새 가로등은 설치하지 않겠다는 대략적인 확답을 해주었다.

이전 삶의 경험에 따라서, 나는 말이 얼마나 믿을 수 없는 것인지 잘 알고 있었다. 처음에 읽었을 때는 분명한 약속이라고 생각했던 말이 사실 결정적인 순간이 오면 전혀 그렇지 않을 수도 있음을 잘 알았다.

이는 관련된 사람들이 정직하지 않아서가 아니었다. 그들은 단지 해석의 여지에 중독된 시스템의 일부일 뿐이었다. 하지만 내가 화이트홀(영국 런던에 관청이 늘어선 거리)에서 10년이라는 세월을 보낸 후에 내린 결론에 따르면 사람이든 사물이든 공식적인 것을 조심해야 한다는 것이었다.

그래서 나는 의회 계획의 상세한 세부 사항을, 그것도 이메일보다 더 공식적인 형식으로 받아 두려고 애를 썼다. 그렇게 다시 몇 달 동안 전화와 이메일을 주고받은 후, 프로젝트 총감독도 그만두었다는 연락이 왔다.

나는 지방 의원에게 다시 도움을 청했다. 몇 주 뒤, 수석 엔지니어라는 사람이 연락을 하더니 지도를 들고 나를 찾아왔다. 그는 마치 진귀한 멸종 위기 동물을 위한 자연보호 구역처럼 나트륨등 특별 구역을 지정할 수 있도록, 내가 산책 다니는 지역을 지도에 표시해 달라고 말했다. 그는 이렇게 말했다.

"당신의 요청이 전부 받아들여질 것이라고 보장할 수는 없지만, 되도록 그렇게 할 생각입니다."

그의 지적이고 인간적인 태도를 보고 마음에 놓여서 털썩 주저앉을 뻔했다. 머리가 희끗희끗하고 말투가 부드러운 그 남자를, 모범 답안을 들고 온 나의 구세주를 끌어안고 싶을 정도였다.

그가 준 지도에 표시를 해서 제출했지만, 또 몇 달 동안 몹시 바쁘다는 말 외에 확답은 오지 않았다. 나는 다른 공무원이 그 엔지니어의 생각을 묵살한 건 아닐까 생각했다. 시행 일자가 점점 다가오고 직원들은 걸핏하면 그만두는 이 프로젝트에서, 내가 아직도 개인적인 약속에만 의존하고 있다는 사실이 걱정스러웠다.

공공 회의를 시작한 이후 2년이 지났다. 불확실한 기간이 너무 길어지고, 천성을 억눌러 가면서 억지로 사람들을 들볶다 보니 나도 서서히 지쳤다. 나는 스트레스 대처법에 대한 책도 읽었고, 발끝에서부터 호흡을 하는 법, 숨을 들이마시면서 넷을 세고 숨을 내쉬면서 아홉을 세는 법, 배가 오르락내리락하도록 숨을 쉬는 법, 호흡에 집중하며 명상하는 법도 배웠다. 하지만 여전히 구겨진 종이가 된 기분이었다. 나는 이제 정면으로 돌파할 때가 되었다고 결론 내렸다.

지역 법률회사 몇 군데에 이메일을 보낸 다음 괜찮은 답변을 보낸 회사 하나를 선택했다. 적극적이고 기운찬 변호사가 찾아와서 수많은 질문을 한 다음 갖가지 서류를 가지고 갔다. 며칠 후에 그는 장애인 차별 금지법, 장애인 평등 의무, 인권법을 들먹이는 편지 초안을 작성해서 나에게 보여 주었다.

하지만 결국은 그 편지를 보내지 않았다. 나는 의회에 메일을 보낼 때 참조 목록에 변호사의 이름을 넣고, 변호사와 상담을 했다고 알렸다. 그러자 의회에서 모든 가로등의 위치와 참조번호, 유형을 표시한 우리 동네 가로등 교체 계획표를 보내 주었다. 우리 집 주변 거리에는 멋진 황금빛 테두리가 쳐져 있었다. 게다가 같이 온 이메일에 따르면 우리 동네의 가로등은 시행 기간 말에 교체할 계획이므로 최소 2년 후에나 시작한다고 적혀 있었다.

한결 마음이 놓였다. 심지어는 크게 웃으며 기뻐하기까지 했다. 하지만 과거로부터 배운 것을 완전히 잊지는 않았다. 나는 모든 서류를 모아서 파일을 만들고, 변호사에게 내 사건을 아직 종결하지 말고 약속이 지켜질지 기다려 보자고 말해 두었다.

결혼식

2007년에 길고 희망찬 회복이 계속되자 피트와 나는 결혼식을 다시 준비하기로 했다. 신부가 광선과민증이므로 행사 전체를 재구성해야 했다. 다이어리에서 일몰 시간을 찾아보니 12월 6일의 일몰 시간이 3시 57분이었다. 그래서 우리는 그날 4시에 결혼식을 올리기로 결정했다.

이제는 결혼식과 피로연을 호텔에서 할 수 없었다. 나는 조명의 종류와 양을 통제할 수 있어야 하며 정기적으로 내 동굴로 돌아갈 수 있어야 했다. 피트가 가까운 관공서를 알아보았지만, 대부분 기다랗고 맹렬한 형광등과 커다란 판유리 창으로 가득한 악몽 같은 곳이었다.

하지만 우리가 축복을 받을 교회는 괜찮았다. 오래된 교회인데 중세 때 교회 주변 마을에 역병이 도는 바람에 이전을 해서 지금은 들판 한복판에 서있고, 주변에 조명도 별로 없었다. 교회 내부를 밝히는 것은 여러 개의 나트륨등인데, 저 높이 지붕 들보에 매달려 있었다.

피트는 이 교회에 오래 다녔다. 그는 처음 이 지역에 이사왔을 때 편안한 느낌을 주는 교회를 찾으려고 근처 성공회 교회들을 알아보았다. 집에서 제일 가까운 교회는 제외시켰는데, 유리와 노란 벽돌과 형광등으로 만들어진 크고 썰렁한 건물이어서 마음에 들지 않았다.

나의 종교적 배경은 더 복잡했다. 엄마는 유대인이었다. 아버지는 원래 스코틀랜드 장로교였지만 마르크스주의와 뉴에이지 단계를 거친 다음 세상을 떠나기 2년 전에 가톨릭으로 개종했다. 나는 자라면서 어느 진영에도 완전히 빠지지 않았고, 종교라는 세계에서 한 걸음 물러나 외부에서 관찰하면서 내 생각을 발전시키는 편이 좋았다.

나는 교회에서 결혼식을 올리는 모습을 한 번도 상상한 적은 없었지만 우리 상황 때문에 점점 더 불가피해 보였다. 우리가 결혼식을 올리려면 교회에서 해야 할 것 같다는 사실을 받아들이기까지 시간이 조금 걸렸지만, 결국은 피트에게 그 사실을 인정했다.

"하지만 교회에서 비신자인 날 받아줄까?"

정말 궁금했다. 우리는 목사님에게 편지를 써서 상황을 설명했다. 정말 다행히도 성공회는 국교회로서 나를 비롯해서 이 나라에 사는 모든 사람들의 영혼을 보살펴야 한다고 생각하며, 신자가 아니라도 결혼식을 올리게 해준다고 했다. 심지어 서약을 할 때 '우리 주 예수 그리스도를 통하여'라는 구절을 빼고 말해도 된다고 한다.

웨딩드레스는 있었다. 파란색 새틴 드레스로, 밑단에서 위로 올라가는 모양의 꽃들이 수놓아져 있었다. 하지만 드레스만 입을 수는 없었다. 그래서 드레스를 만든 사람이 잘 어울리는 소재에 안감까지 덧대어서 드레스 위에 덧입을 딱 맞는 재킷을 만들었다.

모자도 필요했다. 나는 결혼식에서 꼭 모자를 써야 한다면 반드시 굉장한 모자여야 한다고 생각하기 때문에 그런 모자를 만들기로 했다. 전화번호부에서 '미치광이 모자 장수'라는 특이한 이름을 발견해서 전화를 걸자, 그가 집으로 와주겠다고 했다. 결국 우리는 어마어마한 챙에 실크로 만든 거대한 꽃까지 달린 파란색 모자를 합작으로 만들었다.

정말 화려한 작품이었다. 유일한 단점은, 결혼식 당일에 챙이 너무 넓어서 두 사람이 가까이 설 수 없다는 것이었다. 우리는 결혼사진을 찍을 때도 붙어 서지 못했다. 가까이 다가서려 하면 모자가 신랑의 얼굴을 때렸기 때문이다.

피로연은 규모를 줄여서 집에서 치르기로 했다. 집이 크지 않으므로 대형 텐트를 빌려 온실 뒤쪽에 붙여 정원 전체를 쓰기로 했다. 손님들은 가스 난방기와 힘이 넘치는 스코틀랜드 전통 춤으로 몸을 덥힐 것이었다. 거실 앞쪽 출창에 바를 만들고 온실에 탁자를 놓고 음식을 놔두면 손님들이 직접 가져다 먹을 것이다.

결혼식 5주 전, 나는 뱀을 밟았다. 긴 뱀이었다. 이게 무슨 의미일까? 나는 지난 몇 달 동안 느릿느릿, 하지만 방해받지 않고 호전되어 왔다. 내 조도계로 f22까지 달성했었다. 즉, 해가 지기 한 시간쯤 전에 나갈 수 있었고 해가 뜬 후에도 한 시간 정도 바깥에 머물 수 있었다.

그즈음 나는 동네 아이들에게 피아노를 가르치면서 드디어 내가 배운 것을 활용하고 있었다. 피아노 교습을 원하는 사람이 꽤 많았는지 학생이 곧 11명으로 늘어나고, 나는 학부모와 친구들을 위한 비공식 연주회를 열고 연주회가 끝나면 케이크가 잔뜩 나오는 티파티를 할 계획까지 세웠다.

이 피아노 교습이 파멸의 원인이었다. 학생들은 학교가 끝난 후에, 대부분 평일 두세 시에 왔다. 나는 처음 두 명은 대낮의 자연광 속에서 가르치고 세 번째 학생은 피아노등만 켜놓고 가르쳤다.

그러다 10월 말이 되자 서머타임이 끝나고 저녁이 더 어두워졌다. 나는 번득이는 피아노등 밑에서 학생 세 명을 연달아 가르쳤다. 너무 지나쳤다. 그날 밤새도록 몸에 치즈 강판을 대고 천천히 문지르는 느낌에 시달렸다. 다음 날은 캄캄한 방에서 거의 나가지 못했다.

결혼식이 2주 앞으로 다가왔지만 상태는 별로 나아지지 않았다. 피트와 나는 어떻게 할지, 다시 한 번 결혼식을 취소할지, 아니면 상관없이 강행할지를 의논했다.

결국 우리는 밀어붙이기로 했다. 나는 거실에 서서 피트의 눈을 보면서, 그가 돌아서지 못하도록 그의 팔꿈치를 잡고서 선언을 할 것이다. 만약 결혼식 후에도 내 상태가 나아지지 않으면 나와 이혼을 한다고 해도 이해하겠다고 약속할 것이다. 피트가 대답한다.

"알았어. 하지만 그렇게 되지는 않기를 바라야지."

마지막 2주는 초현실적인 악몽처럼 지나갔다. 나는 최대한 어둠 속에서 지내면서 피부를 가라앉히려고 노력하는 틈틈이 배달된 모자를 받고, 재킷을 입어 보고, 케이크 문제로 통화를 했다. 그러는 동안 한때 중요하다고 생각했던 것들이 전부 엉망이 되어 버렸다. 미용사가 집으로 와서 머리를 바보같이 잘라 놨지만 다시 와서 손봐 주지 않겠다고 했다. 나는 다른 미용사를 다시 찾아서 부를 힘이 없었다.

결혼식 전날, 나는 위층 내 방에 앉아 있고 아래층은 시끌벅적했다. 남자들이 집을 들락날락하며 텐트를 설치하면서 방해가 되니 나무와 관목의 가지를 쳐달라고 했다. 친구들이 와서 가구 옮기는 것을 도왔다. 꽃집 주인이 초록색 풀과 파란색, 분홍색, 흰색 꽃을 한 차 가득 싣고 와서 장식하기 시작했다.

피트가 가끔 내 방으로 들어와서 상황을 알려 주고 흥미로운 사진들을 찍어서 보여 주었다. 그 사이사이 나는《브라보 투 제로》라는 오디오북을 들었다.

다음 날도 다시《브라보 투 제로》를 들었다. 1차 걸프 전쟁 당시 적지에서 활동하는 SAS 정찰대 이야기는 무척 흥미롭고, 게다가 실화이기 때문에 좋았다. 나는 이야기를 들으면서 오늘이 내 결혼식 날이라는 사실을, 내가 기대한 것과는 다르다는 사실을, 오후에 옷을 차려입고 교회에 가면 무슨 일이 일어날지, 내가 식을 버틸 수 있을지 없을지도 모른다는 사실을, 조명을 다 꺼도 얼마나 고통스러울지 모른다는 사실을 잊어버렸다.

결혼식 날 아침, 주인공이 이라크 군인에게 잡혔다. 그는 두드려 맞고, 심문을 당하고, 또 두드려 맞고, 화난 군중 앞에 서고, 총을 맞거나 갈가리 찢겨 죽을 것이라 생각하고, 다시 두드려 맞았다.

어느새 오후 3시였다. 나는 고문 장면에서 오디오북을 껐다. 그런 다음 서둘러서 드레스와 재킷을 입었다. 나는 가끔 반응을 약화시키는 베타카로틴을 몇 알 먹고, 불 꺼진 욕실에서 거울에 흐릿하게 비친 내 모습을 보면서 약간의 화장을 감행하고, 모자를 썼다.

내가 아래층으로 내려가자 피트가 현관문과 자동차 뒷문을 열었다. 얼룩진 회색 하늘에서 뜬금없는 빗방울이 후두둑 떨어졌지만 지평선에서는 구름 틈새로 앵초꽃처럼 연한 노란색 빛이 드러났다. 나는 2미터 정도 서둘러 달려가서 차에 타고, 그 와중에도 모자의 실크 꽃장식이 찌부러지지 않도록 신경을 쓴다.

나는 몸부림을 치면서 안전벨트를 매고 말을 듣지 않는 펠트 천을 정돈해서 내 머리를 조금이라도 덜 짓누르면서도 다리와 발을 가리도록 했다. 그리고 피트에게 말했다.

"준비됐어. 비가 쏟아지지 않으면 좋겠는데. 가자!"

피트가 시동을 걸고, 우리는 흐릿한 12월의 황혼을 향해 달렸다.

결국 나는 아드레날린과 우스운 상황의 도움으로 결혼식을 무사히 치렀다. 내 기억은 강렬하고 정신없고 기분 좋은 조각들의 모음이자 요정의 빛으로 만든 거미줄 같았다. 나는 바흐의 〈눈 뜨라고 부르는 소리 있도다〉에 맞춰서 피트와 함께 통로를 걸었다.

중앙 조명은 대부분 끄고 양쪽 측면 조명만 켠 데다 제단에는 거대한 흰 초들을, 석재 감벽과 창틀에는 작은 초들을 놓아서 조명이 무척 으스스했다. 나는 서약을 할 때 우리가 결국 여기까지 왔다는 생각에 갑자기 압도되어 기절할 뻔했다.

식이 끝난 후 파티에서는 의기양양하게 텐트를 돌아다니고 파트너를 바꿔 가며 춤을 추었고, 다 같이 길게 늘어서서 스코틀랜드 전통 춤인 '스트립 더 윌로우strip the willow'를 추었다. 손님은 총 70명이었는데, 피트의 동료 한 사람이 용감하게 차를 몰고 가서 거대한 상자 하나 가득 술을 사왔다.

또 기억나는 게 있었다. 우리가 포크댄스 사회자로 부른 사람은 덩치가 거대하고 말도 안 될 만큼 활달하며 헨리 8세 초상화처럼 생긴 남자였다. 엄마는 갈색 벨벳 옷을 입고 피아노 앞에 앉아서 스코틀랜드 노래를 연주했다.

사람들과 이야기를 나누느라 바빠서 거의 아무것도 먹지

못한 나는 밤이 끝나갈 때가 되어서야 출장 뷔페에 그렇게 신경을 썼음에도 불구하고 음식이 괜찮았는지 전혀 알 수 없다는 사실을 깨달았다.

나는 두 번 정도 친구 몇 명과 함께 위층 내 방으로 들어가서 어둠 속에서 피부를 식히며 이야기를 나누었다. 사람들의 열기 속에서 분홍색 백합이 길쭉한 꽃잎을 서서히 펴고 집 안 구석구석에 그윽한 향기를 내뿜었다.

장미와 사과

나는 회복의 언덕을 비틀비틀 조금 올라갔다가 다시 바닥으로 굴러떨어지기를 반복했다. 다섯 번째 단계, 세 번째 단계, 또는 열 번째 단계에 도달했다가 다시 뱀을 밟으면 그동안 쌓아올린 것이 전부 무너졌다.

상승 궤도에 있을 때면 희망을 안고 계획을 세우지만 막상 계획이 실현되었어야 하는 날짜에 보면 말도 안 되게 느껴질 뿐이었다. 한때 그런 계획이 실현될 것 같았다는 사실조차 믿기 힘들었다.

나는 새벽에 스톤헨지(영국 솔즈베리 근교에 있는 고대의 거석 기념물)에 갈 계획을 세 번이나 세웠었다. 스톤헨지에는 개장 시간 전에 돈을 내고 들어가서 돌 사이를 걸어 다닐 수 있는 프로그램이 있기 때문에 광선과민증을 가진 사람에게는 정말 좋은 곳이었다.

인기가 많아서 몇 달 전에 예약을 해야 하는 데다 악기를 가지고 들어갈 건지, 어떤 의식을 치를 건지 자세히 설명하는 신청서도 써야 했다. 그러나 매번 그날이 다가오면 상황이 바뀌어서 피부가 불타오르고 여행이 불가능해져서 모든 것을 취소해야 했다. 카라반 야영지도 취소하고, 손님 초대도 취소하고, 공연 티켓도 쓰지 못하고 버렸다.

익숙해질 만도 하지만 익숙해지지 않았다. 나는 모든 계절을, 그리고 때로는 계절 이상의 것을 잃었다. 어느 해에는 얼음처럼 차가운 바람이 수선화를 세차게 때리는 3월에 세상을 떠나서 열기가 부풀어 오르는 6월이 되어서야 돌아왔다. 다음 해에는 5월 저녁에 정원에 물을 주면서 라일락의 달콤한 냄새와 산사나무의 시큼하고 쏘는 듯한 냄새를 들이마시며 만물이 여름을 기대하며 부풀어 오르는 것을 느꼈다.

그러고 나면 나뭇잎이 물들고 풍요롭게 맺혔던 열매가 퇴비 더미에서 썩거나 시든 줄기에 축 늘어져 매달릴 때까지 바깥에 나가지 못했다. 마치 시간의 비밀스러운 문을 열고 들어갔다가 출구를 찾지 못하고 어두운 길을 헤매는 것 같았다. 열마나 더 가야 하는지도 모른 채 더듬더듬 나아가다 보면 갑자기 벽에 달린 손잡이에 손가락이 닿고, 문이 열리고, 나는 어느새 본래의 길로 돌아왔다.

뒤를 돌아보면 중간중간 시간이 한 뭉텅이씩 비어 있었다. 나의 기억은 어느 성실한 공무원이 기밀사항을 까맣게 지워둔 문서처럼 중간중간 두꺼운 검정색 마커가 칠해져 있었다.

그러나 내가 그렇게 멈춰진 시간에서 아무것도 얻지 못했다고 말한다면 사실이 아니었다. 어느 잃어버린 여름은 장미와 사과로 기억되었다. 피트가 잘라다준 장미는 커튼이 내려진 거실에서 희미하게 반짝이면서 그늘진 집 안에 향기를 내뿜었다. 나는 꽃병을 들어 벨벳 같은 꽃 깊숙이 코를 묻고 꽃 한 송이 한 송이가 나와 세상을 연결하는 관이라도 되는 것처럼 숨을 들이마시고 또 들이마셨다.

부엌 바닥에는 아주 크고 반짝이며 햇볕을 받아 따뜻하고 놀랄 만큼 완벽하며, 끝이 없을 정도로 많은 사과가 여러 상자 쌓여 있었다. 나는 단지 사과를 바라보려고 부엌에 들어가곤 했다. 사과는 내가 부탁한 적 없는 약간 불편한 기적, 지나가던 천사가 갑자기 너그러운 기분이 들어서 집 안에 기적을 원하는 여자가 있다는 사실도 모르면서 사과나무에 행한 기적 같았다.

이런 암흑의 시기에 피트는 사진을, 작은 화면에 반짝이는 이미지들의 행렬을 보여 주었다. 그는 바깥세상을 사진으로 찍어서 반짝이는 나비들처럼 카메라에 고정시킨 다음 자기가 잡아온 것들을, 그리고 자기가 본 것들을 내 앞에 늘어놓았다.

이렇게 해서 피트는 이전의 삶에서 우리가 함께 사랑했던 경치를 나와 공유했다. 그는 사진을 통해서 자신의 여행과 나를 연결시키고, 어떤 의미에서는 나와 함께 이 세상을 돌아다녔다.

군데군데 건초더미가 놓인 들판 위 파란 하늘, 요란하게 핀 양귀비, 햇빛이 아롱진 풀, 가을 너도밤나무를 비추는 어둑한 빛, 물에 뜬 빨간 낙엽, 거친 식탁보 같은 이끼 위에 멋진 도자기 같은 버섯…….

피트의 사진을 통해서, 나는 계절의 리듬을 알았다. 태양이 한여름을 향해 높고 가파른 호를 그리다가 낮게 떨어지면서 해가 바뀌면 빛이 어떻게 변하는지 알았다. 사진을 통해서 나는 여러 가지 풀과 나무가 각자 자신의 때에 맞춰 잎을 틔우고 꽃을 피우고 열매를 맺는 모습을 본다. 멋들어지게 빛나던 나무가 다 타올라 딱딱하고 검은 손가락으로 변해서 음침한 하늘을 찌르는 모습을 보았다.

시간은 휜다

나는 정원에서 오랜 친구와 함께 떨어지는 셔틀콕을 라일락 빛 하늘 높이, 높이 쳐올렸다. 바람 한 점 없는 날 저녁, 태양이 지평선에 자리를 잡고 마지막 광선이 기다란 그림자 사이로 미끄러져 나뭇잎을 불타오르게 했다. 한쪽은 파티오patio의 화분들로, 또 한쪽은 마구 자란 벚나무 가지로 가로막힌 채 경기를 하고 있었다. 네트는 없지만 랠리를 이어 가는 것이, 셔틀콕의 고무코가 배드민턴 채의 한가운데 부딪힐 때 나는 기분 좋은 '탕' 소리를 느끼는 게 즐거웠다.

친구는 여름 원피스에 샌들을 신고 있었다. 나는 밀짚모자를 쓰고 맞춤 재킷과 긴소매 티셔츠, 긴 치마, 레깅스, 양말, 끈 달린 부츠 차림이었다. 체온이 꾸준히 올랐다. 땀이 목과 등을 간질였다. 움직일 때마다 옷감이 축축하고 반갑지 않은 손길처럼 살갗에 달라붙었지만, 신경 쓰지 않았다. 나는 바깥에서 자유롭게 지구의 표면 위를 움직이고 있었다.

내가 배드민턴 채의 모서리로 잘못 치는 바람에 셔틀콕이 대각선으로 날아갔다.

"아, 정말 백핸드는 도저히 안 되네. 여기 관목 사이로 들어간 거 같아."

서늘한 초록색 줄기들 사이로 파고들어 축축한 흙냄새를 들이마시자 흰색이 흘끔 보였다. 나는 다음 랠리를 시작하려고 서브를 넣고, 친구가 받아치자 셔틀콕이 높이 치솟았다. 내가 셔틀콕이 떨어지는 방향으로 라켓을 뻗지만 아무것도 없는 답답한 공기를 스칠 뿐이었다. 누군가를 혼내려고 털이 북슬북슬한 팔을 치켜든 것처럼 잔디밭을 향해 가지를 높이 뻗은 벚나무가 하늘 높이 치솟은 셔틀콕을 낚아챘다. 친구가 말했다.

"아, 말도 안 돼. 걸려 버렸네."

우리는 나무로 다가가서 거칠고 갈라진 나무줄기를 잡고 세게 흔들었다. 나뭇잎과 잔가지들이 우리 머리로 떨어지고 놀란 새가 한쪽에서 튀어나와 울타리에 자리를 잡았다. 셔틀콕은 그럼에도 꿈쩍도 않고 제자리를 지켰다.

"라켓을 던지면 되잖아."

내가 제안하자 친구가 대답했다.

"아마 라켓도 걸릴걸."

그때 갑자기 시간이 휘어서 수많은 세월이 겹쳐지고, 나는 열 살, 친구는 아홉 살로 돌아갔다. 우리는 또 다른 시간, 또 다른 정원에서 데이지 꽃밭에 맨발로 서서 또 다른 나무를 올려다보며 웃었다. 셔틀콕 세 개와 라켓 두 개가 뒤얽힌 나무 꼭

대기에 붙들려 있고, 손이 전혀 닿지 않았다.

아이였던 나, 멀리 어둠의 저편에서 미래를 전혀 모른 채 이상한 희망과 꿈으로 가득한 나를 향해 생각이 뻗어 갔다. 나는 강렬하게 연결되어 있는 느낌, 거대한 닻줄에 연결된 것처럼 명치가 당겨지는 느낌에 압도당하고 말았다.

외로움으로 뒤틀린 모습, 심한 절망이 남긴 상처와 지긋지긋한 공포의 끈적끈적한 찌꺼기, 그 모든 고통의 퇴적층 아래에 있는 나는 아직도 그 아이였다. 나의 핵심은 변하지 않았다. 그리고 나와 기억을 공유하는 친구, 내 곁에 서있는 친구는 나의 증인이자 증거였다.

내가 나무에서 물러섰다. 모자가 벗겨지지 않게 한 손으로 누르면서 고개를 들어 목표물을 계산했다. 그런 다음 찌는 듯한 공기 중으로 라켓을 던졌다. 라켓이 위로 치솟아 한 바퀴 돌고, 마지막 햇살이 은빛 테에 부딪혀 번쩍 불이 붙었다. 라켓이 엉망으로 자란 벚나무 가지에 부딪히자 셔틀콕이 풀려났다. 라켓과 셔틀콕이 둥근 달과 깃털 모양의 별처럼 라일락 빛 하늘에 잠시 걸려 있다가 땅으로 떨어졌다.

뜻밖의 발견

"오늘 오후에 정원에서 뜻밖의 물건을 발견했어."

어느 토요일, 저녁 식사를 할 때 피트가 얘기를 꺼냈다. 피트는 잡초를 뽑거나 1년생 식물들을 화분에서 뽑는 등 여름이 끝날 때 해야 하는 일들을 하고 있었다.

"뭔데? 멧돼지라도 보았어?"

"아니, 그런 건 아냐. 물론 멧돼지였으면 당신은 좋았겠지만, 그건 아니었어."

"그럼 개구리였어?"

우리 집 정원 뒤 계곡에 시냇물이 흐르기 때문에 개구리들이 가끔 뛰어 들어왔다.

"아니야. 애쓰지 마, 절대 못 맞힐 테니까. 유카에 꽃이 피고 있었어."

"꽃이라고?"

유카는 정원이나 온실에서 심어 기르는 상록 떨기나무를 말한다. 피트는 자신이 이 집을 산 이후로 20년 이상 아무 변화가 없었다며 놀라워했다.

"벌써 한참 자라서 1.5미터는 튀어나와 있더라."

"진짜 대단하다. 하지만 유카는……."

사실 나에게 유카는 항상 예쁘지도 않고 재미도 없는 식물이었고, 뒷문에서 이어지는 길가에 너무 가까이 쪼그리고 앉아 있어서 지나가는 사람의 허벅지를 찌르지 않도록 정기적으로 잘라야 했다. 최근에 우리는 유카를 뽑아 버릴까 의논한 적도 있는데, 뽑기가 너무 힘들 것이라고 결론을 내리고 포기하고 있었다.

나는 초여름보다 상태가 좋지 않았다. 그래서 우리는 해가 지고 나서도 한참 기다린 후에야 바깥으로 나갔다. 피트가 꽃이 피려는 꽃대를 가리켰다. 유카 꽃대는 내 손목보다 굵고 올록볼록하게 꽃봉오리가 맺힌 채 뾰족한 머리를 꼿꼿하게 세우고 있었다.

"되게 야하네. 어떻게 우리도 모르는 사이에 이렇게나 자란 거지?"

내가 감탄을 하자 피트가 대답했다.

"이 녀석은 원래 몰래 피는 아이들이야."

매일 황혼이 회색빛으로 거의 끝날 때쯤 내가 정원으로 용감하게 나갈 때마다 유카 꽃대는 5센티미터쯤 더 자란 것 같았고, 옅은 색 꽃봉오리가 군데군데 맺힌 곁가지도 자라고 있었다. 일주일 후, 저녁을 먹을 때 피트가 말한다.

"정원에서 또 생각지도 못한 걸 봤어. 맞힐 생각은 아예 꿈도 꾸지 마."

"음, 뭔데?"

"유카에 거대한 꽃대가 또 자랐어."

"또? 내가 저녁마다 나가서 봤단 말이야! 왜 못 봤지?"

피트와 내가 밖으로 나가 보자 정말 꽃대가 하나 더 나있었다. 그러고는 뜻밖의 꽃대 한 쌍이 점점 더 커지더니 꽃봉오리가 터져 무수히 많은 흰색 종 모양의 꽃이 피었다. 작은 튤립을 뒤집어 놓은 듯한 모양에 옅은 오렌지 향이 났다. 꽃대는 나보다, 아니 피트보다도 커서 2.5미터는 될 것 같은데 아직도 자라고 있었다. 어느 날 밤, 피트가 말했다.

"사진 찍어야겠다. 하지만 크기를 비교하려면 당신도 같이 찍어야 해. 플래시는 안 쓸게. 새로 산 카메라의 저조도 성능을 시험해볼 기회야."

"그럼 당신도 같이 찍어야지. 적외선 리모컨을 쓰면 되잖아."

피트가 위층으로 뛰어 올라가 장비를 가지고 정원으로 돌아오더니 삼각대 다리를 펴서 잔디에 불안하게 놓고 카메라를 부착했다.

"자, 꽃대에 최대한 가까이 붙어 서서 놀란 표정을 지어."

나는 칼처럼 생긴 나뭇잎에 목이 찔리지 않으면서 피트가 시키는 대로 하려고 최선을 다했다. 피트가 혼잣말을 중얼거리며 카메라를 설정했다.

"이제 진짜 꽤 어두운데. 잘 찍힐까?"

"괜찮을 거야. 엄청난 고성능 카메라니까. 자, 됐다!"

피트가 내 뒤에 서서 내 허리에 팔을 두르며 말을 했다.

"노출이 기니까 움직이면 안 돼."

피트가 리모컨을 누르자 카메라가 딸깍 소리를 냈다. 우리는 한없이 긴 시간 동안 꼼짝 없이 서있다가 마침내 찰칵 소리가 들리자 긴장을 풀었다.

며칠 뒤, 피트가 컴퓨터로 손본 사진을 출력해서 나에게 보여 주었다. 사진 속의 우리는 부드러운 회색과 초록색 황혼 속에 갇혀 있었다. 모자를 쓰고 외투를 입고 부츠를 신은 내가 모자 챙 아래에서 창백하고 굳은 얼굴로 바보 같은 미소를 짓고 있었다.

반면에 키가 크고 날씬한 피트는 지퍼가 달린 카디건 차림에 이상한 표정을 짓고 있었다. 우리가 나란히 서서 결혼사진을 찍은 지 6년 10개월이 지났다. 정말 대단한 세월, 복잡한 표범 무늬처럼 반복된 절망과 희망으로 얼룩지고 줄무늬 진 세월이었다. 아직 시험에 든 적은 없지만 내 암흑의 맹세는 그대로이다. 이제 나는 그것을 지키기가 점점 얼마나 더 어려워질지 잘 알고 있었다.

결말

이 이야기에 결말이 있을 거라고 생각했다. 뒷부분을 쓸 때 새로운 약을 먹기 시작했는데, 처음에는 결과가 좋았다. 나는 어둠을 이기는 것이 내 이야기의 절정이 될 것이라고, 이야기가 점점 고조되다가 마침내 대단원에서 해결될 것이라고 믿었다.

그러나 우리의 삶은 예술의 서사 구조를 따르지 않는다. 소설에 오염된 나는 변화가 생기고 이야기가 전개되기를 기대했다. 그러나 나는 현상 그대로 머물고자 하는 사물의 놀라운 힘을 간과하고 있었다.

나는 새 약을 먹으면서 또다시 한 바퀴를 빙 돌아 제자리로 돌아왔다. 아직 출구를 찾지 못했다. 합리적인 가능성이 아무리 위협해도 감당하기 힘든 삶이 이긴다는 사실을 깨달았다.

나는 배웠다.

가장 숭고한 진실은 '고통'이 존재한다는 것이다. 인간의 역사 자체가 진귀하고 다채로운 고통으로 채워져 있으므로 '왜 하필 나지?'라는 말은 바보나 하는 질문에 지나지 않는다. 그 대신 양식 있는 사람은 이렇게 말할 것이다.

"내가 아닐 이유가 어디 있어?"

문학이나 종교, 철학같이 인류의 위대한 문화는 고통과 함께 우아하게 사는 법을 아주 현명하게 가르쳐 주었다. 실제로 병에 걸리기 전까지는 주위 사람들이 나의 만성 질환에 어떻게 반응할지 예상할 수 없었다.

영원히 곁에 머물 줄 알았던 친구들이 곤혹스럽고 거북해하면서 떠나갔다. 오히려 다른 사람들, 전혀 생각지도 못했던 사람들이 기운을 북돋워 주려고 애쓰면서 감사하게도 몇 년 동안이나 곁에 머물러 주었다.

기쁨은 모든 일상의 뒤에 가만히 숨어서 우리가 찾아 주기만을 기다린다.

그리고 사랑은 이유가 없다.

옮긴이 허진

서강대학교 영어영문학과와 이화여자대학교 통번역대학원 번역학과를 졸업했다. 옮긴 책으로는 엘리너 와크텔의 인터뷰집 《작가라는 사람》, 《오리지널 마인드》, 지넷 윈터슨의 《시간의 틈》, 도나 타트의 《황금방울새》, 할레드 알하미시의 《택시》, 나기브 마푸즈의 《미라마르》, 아모스 오즈의 《지하실의 검은표범》 등이 있다.

걸 인 더 다크

초판 1쇄 인쇄일 2021년 07월 01일
초판 1쇄 발행일 2021년 07월 12일

지은이 애나 린지
옮긴이 허진
발행인 이지연
주간 이미숙
책임편집 정윤정
책임디자인 이경진 권지은
책임마케팅 이운섭 신우섭
경영지원 이지연

발행처 ㈜홍익출판미디어그룹
출판등록번호 제 2020-000332 호
출판등록 2020년 12월 07일
주소 서울시 마포구 독막로18길 12, 2층(상수동)
대표전화 02-323-0421
팩스 02-337-0569
메일 editor@hongikbooks.com

제작처 갑우문화사

ISBN 979-11-9142-024-1 (03840)